하루에세이를 펴내며…

계절은 쉼 없이 흐르고, 시절마다의 나 자신을 기록하는 것이 참 중요한 일임을 느낍니다.
순간을 사진으로 남기고, 일상을 글로 쓰는 일. 우리 모두는 이런 작은 기록들에서
내가 걸어온 길이 특별하고 소중한 것이었음을 깨닫게 되지요.
시간을 따라 그린 그림들에 나의 시절들이 담겨 있네요.
옛 사진들을 하나하나 들여다볼 때처럼, 작은 그림과 글들을 다시 한번 곱씹고 읽으며
그날들의 마음과 감정들이 되살아나 뭉클해집니다.
나의 하루하루가 이토록 날마다 새로웠구나, 그 생생함 속에서 나는 부지런히 성장해왔구나.

기쁨과 슬픔. 웃음과 눈물이 뒤섞인 일기 같은
그림들 속에서 나는 다시 한번 '행복'을 발견합니다.
그리고 이렇게 작고 잔잔한 평안이
여러분의 삶 또한 위로할 수 있기를 바라봅니다.

매일 건네지는 작은 그림과 글을 대하는
모든 분께 고요하고 성실하게…
소중한 하루의 행복이 전해지면
참 좋겠습니다.

초록담쟁이 올림. *S. hee*

연 날리기

거울같이 맑은 하늘에 연을 띄우며,
사랑하는 이들과의 행복한 한 해를 소망합니다.

일월

1

신
정

그때, 그곳

그때, 그곳에
가고 싶습니다…
하얀 눈이 쌓여 있던
그 자작나무 숲.
얼굴에
은빛으로 부서지던
차갑고 깨끗한 공기.
온통 신비함으로
둘러싸인 길을
너와 단둘이 고요히 걷던

그때,
그 자작나무 숲으로
가고 싶습니다…

일 월

2

s. hee

겨울, 마법의 계절

어떤 색보다도 화려한 순백의 반짝임 속에
마음만 먹으면 마법의 세계를 볼 수 있었던
이상하고 신기했던 계절… 겨울.

일 월
3

니트 좋아!

첫눈이 올 즈음…
엄마는 빨간 스웨터를
짜 주셨습니다.
키가 많이 클 거라고
큼지막하게 짜주셔서
꼭 이불을 둘러쓰고
다니는 것 같았지만
그래서…
더 포근하고 따뜻하게
느껴지는 것이었습니다.

일 월

4

겨·울
함께여서 따뜻한
계·절

겨·울

일월

5

겨울 아침

"오빠, 오빠~
일어나 봐! 눈 와~!!"
매번 봐도
또 설레게 만드는
눈 오는
겨울 아침의 풍경.

일 월

6

내 영혼이
따뜻했던 시절

추운 겨울…
우리 동네 한구석에 늘 자리하셨던 군고구마 할머니.
빙그레 웃으며 말없이 쥐여주시던 군고구마를 먹을 때면
사르르 녹는 뜨거운 태양을 삼킨 듯이
몸 속 깊이 따뜻하게 데워져 하나도 춥지 않았습니다.
왠지 힘들었던 마음도 사르르… 녹아버리는 것만 같았어요.

일 월

7

신나는 요리놀이

바깥이 너무 추워
집안의 시간이 길어질 때면
오빠와 나는
종종 요리를 했습니다.
말이 요리이지,
찰흙놀이와 다름없었지만
우리가 직접 만든 쿠키를
먹을 수 있다는 생각에
훨씬 신나고 들떴었지요.
부엌은 엉망진창이 되고
우리가 만든 쿠키는
찌글찌글 볼품없었지만
엄마는 언제나
함박웃음을 지으며
남매의 쿠키를
맛있게 드셨습니다.

일 월

8

긴긴 겨울날…

포근한 이불을 머리까지 두르고

따뜻한 방바닥에 누워 라디오에서 흘러나오는

음악방송을 듣는 것이 큰 즐거움이었지요.

좋아하는 노래가 나오면 큰 선물을 받은 듯 기뻤고

여러 사람의 사연을 들으며 함께 웃고 울었습니다.

가끔은 나도 사연을 적어 보내보기도 했어요.

라디오에 무슨 내용이었는지는 기억나지 않지만…

사연보내기 혹시나 내가 보낸 편지도 읽힐까… 참 많이도 설레었지요.

일 월

9

우리 집에…
같이 갈래?

며칠째 같은 곳에서
우연인 듯 아닌 듯·
만나는 그 아이.

우리 집에… 같이 갈래?

일 월
10

s. hee

가만히 겨울나무에 몸을 기대고 귀를 기울이면,
모든 생명들이 저마다의 소리로
노래를 하는 계절엔 들을 수 없었던
고요한 나무들의 노래가 들리는 것 같았습니다.

귀를 기울이면

우리 집에 가자

s. hae

이 동산 너머…
우리 집이 있어.
널 우리 집에
데리고 가는 이 길이
난 참 행복해…
발은 시렵고
코끝도 시렵고
펑펑 내리는 눈에
두 볼도 얼었지만
너와 함께 걷는 이 길이
난 참 따뜻해…

일 월
12

붕 어 빵

아무리 추운 날씨에도
포근포근~ 붕어빵 하나에 마음까지 따스해져요.
한입 가득 베어 문, 할머니와 나의 오동통한 두 볼이
붕어빵같이 꼭 닮았네요.

일 월
13

겨울나무

그대는 아름드리 나무.
오롯이 한 곳에 서서
내가 다가가 기댈 때면
당신의 모든 것을
아낌없이 주었지.
그대의 아름답던
계절이 지나고
세상이 무채색으로
고요해질 때…
당신의 벌거벗은 몸,
사이사이로
한숨같은 찬바람이 비껴가네.
겨울을 맞이한 그대에게
나의 가슴 열어 작은 온기 전하고 싶어.

일 월
14

s. hee

좋아하면서… 사랑하면서
이렇게 가두어 놓아도 되는 걸까.
넓은 하늘보다… 나의 곁이 정말 더 행복할까.
새장의 문을 열어줄 용기는 없고
사랑이 커질수록
미안함이… 한숨이 늘어만 갔습니다.

새장 속 친구

일 월

15

꽃이불 위에서

엄마가 조각 조각
이어 만드신
꽃이불 위에
누워 있으면…
이렇게 추운
겨울날에도
봄날의 꽃내음이
나는 것 같았지요.

일 월

16

s. hee

a melancholy day...

s.hee

A melancholy day

한겨울에 비를 만난 듯
축축하고 냉랭하고 으슬으슬한 기분.
나를 둘러싼 모든 것에 투덜투덜…
내게 올 모든 일들에 걱정이 되어
또 다시 한숨이… 휴우~~~

일 월

17

생각의자

오빠랑 다툴 때마다
엄마는 우리를 생각의자에 앉히셨어요.
억울하다가… 짜증이 나다가
나도 모르게 스르르…
잠이 들곤 했던
생각의자.

일 월
18

겨울잠

잠자는 걸 좋아하는 나는 추운 겨울이 좋았어요.
시간이 멎은 듯한 긴긴 겨울, 곰처럼 열심히 자고 나면
싹이 틀 때 즈음엔 내 키가 훌쩍 커 있곤 했답니다.

엄마의 뜨개질

여름이 끝나고
찬 바람이 불어오기
시작할 때부터
우리 엄마는 틈만 나면
뜨개질을 하셨습니다.
작년에 떠주셨던
목도리, 스웨터, 이불들…
다시 실을 풀어내어
조금 더 커진 나의 몸에 맞게
짜 주셨지요.
하나하나 완성이 되는 날이면
너무나 좋아서
몸에 걸치고선 엄마 앞에서
춤을 추었답니다.

일 월

20

아카시나무 가시를 똑 따서
침을 잘 바른 후에
코에 살짝 붙여주면…
나도야~ 코뿔소~!! :)

나도야~ 코뿔소!

일 월
21

남겨진 자리

떠나가는 사람들에 대한
꿈을 꾸었습니다.
한 사람, 한 사람
나에게 인사를 건네며,
그들의 슬픔을 건네며
짧은 꿈은 그렇게 눈물로 차올라
가슴을 들썩이며 눈을 떴습니다.
그 후로도 오래… 어둠 속에서…
언젠가 나도
그들과 같겠구나, 생각하며
소리를 죽여 울었습니다.

s. hee

일월

22

상처입은 너에게

너무 아파 울 수밖에 없었다고
울면서 참아낼 수밖에 없었다고
정말 아무것도 할 수 있는 것이 없었다고
생각하지 말아요.

당신이 소리 없이 인내하며 눈물 흘렸던
그 시간들이 키워낸 나무를, 피워낸 꽃들을…
이젠 기쁨으로, 놀라움으로 바라보세요.
부드러운 미풍을 타고 날아간 그 고운 꽃들이
당신이 겪었던 아픔의 시간을 견디고 있는
또 다른 사람의 어깨를 어루만져줄 수 있도록
당신이 키워낸 나무를, 피워낸 꽃들을… 환하게 웃으며 축복해 주세요.

일 월

23

장작난로

겨울이 되면 우리 집은
장작난로를 사용했습니다.
그럴 듯한 벽난로는 아니지만
지금 생각해보면…
제일 가난하고
제일 추웠던 시절인데,
떠오르는 기억 하나하나가
왜 이다지도 따뜻하고
풍요로운 것인지
참 알다가도 모를 일입니다…

s.hee

일월
24

고 마 워

아무에게도
드러낼 수 없는 나만의 슬픔에 갇힌 채
그 누구에게도 나의 눈물 보이고 싶지 않아
스스로 얼굴을 숨기고 어느 버려진 호수에
가만히… 가만히 떠 있었던 시간들.

s. hee

너만은… 공기를 떠다니는 나의 노래를 들었지.
너만은… 아무도 모를 희미한 나의 향기를 알았지.

… 고마워 …

일 월

25

겨울, 꿈꾸는 계절

몹시 춥고 적막한 계절.
겨울잠을 자는 개구리처럼
흙을 뒤집어쓰고 웅크린
나를 아무도 찾지 않아.
가만히 들썩이는 나의 숨소리만
들려오던 고요의 시간들.
하지만… 그 시간들이 흐른 뒤
새싹이 돋아나듯,
슬픈 계절을 지나는 자만이
꿈을 꿀 수 있지요.

일 월
26

이상한 나라 #1

내가 사는 이곳은
참 이상한 나라.

일 월

27

너에게 갈게…

검은 숲을 날아
너에게 갈게…

어둡고… 추운
기괴한 바람만이
회돌아 감는 이 곳.
검은 숲을 춤추듯 날아

너에게
갈게…

일 월

28

s. hee

눈 오는 바깥 풍경을 보며 창가에 앉아
뜨거운 코코아를 마시고, 일기를 쓰고,
도란도란 이야기를 나누는 오후의 한 자락.
내가 겨울을 참 좋아하는 이유.

눈 오는 창가

일월

29

동백소녀

난… 동백꽃이 참 좋습니다.
시린 계절, 주위의 모든 것이
무채색으로 고요하고
나 또한 모든 것에 무감각해져
웃기조차 힘들 때…
동백꽃, 너의 비현실적인 붉은빛을 보면
저렇듯 아리땁던 색깔이 있었음에
소스라치게 놀라게 됩니다.

s.hee

일 월
30

설날 아침이 되면 온 동네 아이들 모여서
이 집 저 집 다니며 세배를 했지요.
저마다 설빔으로 한껏 단장을 하고
조신조신 뽐도 내어보고요.
예쁘다, 예쁘다 하시며 쥐여주신 세뱃돈에
어찌나 신들이 나던지요~ :)

세배하러 가는 길

일 월

31

s. hee

이 월

1

**겨울한복을
입은 소녀**

시간은 왜 이리도 빠른지
두근두근 설레임 가득한 정초의 계획들이 벌써
흐지부지 형체를 알아볼 수 없게 되어 버렸네요.
하지만… 다시 시작하면 되지요, 뭐 :)

할머니 방

할머니 방에는
정겨운 물건들이
참 많았습니다.
모든 것이 오래되고
많이도 닳았지만,
단정하신 할머니를 닮아
소박하고 깨끗했지요.
방 창문 너머 내리는 눈도
어찌된 일인지 더 곱고
정다운 것만 같았습니다.

s. hee

이 월

2

새해 복 많이
받으세요!

서로에게 선물이 되고 기쁨이 되는
복된 명절이 되었으면 좋겠어요.
새해 복 많이 받으세요!! :)

이 월

3

s. hee

입춘: 봄의 기운

아직도 추운 겨울 같지만,
긴긴 시간이 지나 서서히
봄이 오고 있어요!!

이 월

4

향긋한 휴식

으슬으슬 춥거나 몸이 곤할 때
엄마는 잘 말려둔 귤껍질을 우린
목욕물을 준비해주셨어요.
뜨뜻한 물, 향긋한 귤내음…
어느새 노골노골, 몸이 쫘악 풀리곤 했지요.

이 월
5

엄마의 의자

그 시절, 오빠와 나는
늘 엄마 옆에 껌딱지처럼
붙어 있었습니다.
작은 안락의자에
엄마와 함께 앉겠다고
쟁탈전을 벌였지요.
추운 겨울, 서로의 체온이
얼마나 따스했는지…
그 소소한 시간들이
얼마나 포근했었는지…
지금도 문득 문득,
엄마 냄새가 가득 배인
작은 안락의자가
그립습니다.

이 월

6

s.hee

**내 인생
최대의 고민**

엄마는 세상에서 제일 이쁜 딸이라고 하시지만
그저 우울한 내 마음을 달래주시려는 빈말 같았지요.
마음에 들지 않는 얼굴과 마음에 들지 않는 옷들…
그 시절, 내 인생 최대의 고민거리였습니다.

I Love Knit!

좋아해… 꽃니트

이 월

8

그 시절, 함께 나누었던 애틋함과
새로운 설레임이 뒤섞여 있었던
나의 학창시절의 마지막 날.

졸업식 날   '선생님, 안녕하시지요~ 동무들아, 모두 잘 있니?'

이 월

9

소녀의 방 #1

가만히…
　조용하게 숨쉬며
　시간 위를
　떠다니던 계절,
　소녀의 방엔
　나무들이 자라고…
　그 마음을 알기에 그저
　함께 조용히 머물러주는
친구들이 있었습니다.

이 월
10

: 야, 졸업 축하한다…   : 어?·· 어, 너두···

학교 다니는 내내 눈길조차 주지 않았던 그 녀석.

졸업식이 되어서야, 이제 정말 헤어질 때가 되어서야

웬 인사람? 볼이랑 귀까지 새빨개져서는

내 가슴을 두근두근, 휘저어놓고 난리람···

그 녀석의 진심

이 월

11

S. hee

양 세는 밤

양 한 마리, 양 두 마리,
양 세 마리…
엄마가 하라는 대로
아무리 양을 세어 보아도
좀처럼
잠이 오지 않던 밤.

이 월

12

s. hee

긴 겨울 방학 끝에, 잠깐 개학… 그리고 또다시 봄방학.
방학 숙제도 없고 왠지 더욱 여유로운 봄방학을 참 좋아했더랬지요.
더 자란 내가 되기 위해 몸으로, 마음으로 푹 쉬고 영양 보충하는 느낌!
어릴 적 내가 그랬듯, 우리 아이들도 요즘 매일, 뒹굴뒹굴.
뒹굴거리기 세계대회가 있다면 일등 할 것 같은 모습으로
이 봄방학을 만끽하고 있네요~^^;;
이 시간이 지나면, 또 다른 마음으로,
또 다른 모습으로 새로운 시작을 하겠지요.
너와 나의 봄을 응원합니다!!

기다리는 마음　　정말 멋진 새로운 출발을 기다리면서요 :)

이 월
13

너만 보면…

너만 보면…
온 얼굴이 빨개져 화끈거리고
하지 못한 말들이 목구멍에 차올라
심장 뛰는 소리만 두근두근…
이런 이상한 모습
너에게 보이기 싫어
어디에라도 숨고 싶지만
온 몸이 굳은 것처럼
움직일 수도 없어.
내가… 어디 아픈 건가…?

이 월

14

전화기 너머…
그리운 그곳의 소식을 전해 주세요.
내가 좋아했던 그 산과 하늘은 여전한지
매일 감동시켰던 그 계절들은
지금도 그렇게 아름다운지…

전화기 너머

이 월

15

겨울바다가
보고싶은 날

잔잔한 겨울바다의
노랫소리를 들으면
내 마음도 파도따라
고요해질 수 있을까.

이 월
16

이 월

17

거인 아빠

세상보다 컸던,
우리 아빠…

하얀 니트

겨울을 닮은
하얀, 니트를 입고
난, 기다려요.

이 월

18

자그마한 단골 미용실 한 켠.
사랑방 삼아 뜨끈한 보리차 한 잔과
그보다 더 구수한 이야기들로
예뻐지는 시간이 더 즐거운
우리 동네 꽃보다 할머니들.

꽃보다 할매

기다림

바라는 일이
금방 이루어지지 않아
힘들지 않냐고, 답답하지 않냐고
걱정하지 마세요. 사실 나는,
바라보고 기대하고 기다리는 일
그 자체를 좋아하거든요.

s. hee

이 월

20

S. Lee

뻥이요~!!

모두 빙 둘러서서
터지기 전의 그 숨 막히는 긴장감.
너도나도 귀를 막고, 실눈을 뜬 채로
그 순간을 기다렸지요… "뻥이요~!!"

내 친구 앤

세월이 이렇게나
흘러 버렸는데
내 어릴 적 친구였던
빨강머리 앤은
그 모습 그대로였지요.
반갑다고, 기다렸다고
말하는 앤의 모습에
나는 또 그때처럼
같이 웃고,
함께 울고
있었습니다.

이 월

22

s. hee

동백과 소녀들

그날따라…
너의 부드러운 머릿결 사이로
은은한 동백향이 느껴졌었지.

이 월
23

가시나무 새

내 안 깊숙한 그곳엔
메마른 가시덤불뿐인
의자 하나 있지요.

비록 상처가 많아
쉴 수 없는 곳이지만
나는 여전히…
당신을 기다려요.

s. hee

이 월
24

s. hee

시리고 가혹한 계절.
여린 몸 안 가득,
봄의 기억을 지켜내어
이윽고 또다시
찬란하게 꽃피우는 목련같이

겨울목련　　잊지 말아요, 우리의 봄을…

이 월
25

겨울나무를 노래해

겨울을 견디느라
앙상해진 나뭇가지마다
새들이 모여앉아
노래를 해주었습니다.
옹기종기 앉아있는
새들의 모습은
바람에 흩날리는
나무의 이파리들 같았고,
나는 지저귀는 노랫소리를
타고 온 희미한 봄 내음을
맡을 수 있었지요.

이 월

26

s. hee

s. lee

아직은 바람이 차고
뜬금없는 눈발이 날리기도 하지만…
너와 함께 있으면
이미… 봄　나에게는 이미… 봄.

그대에게 보내는 편지

Dear my Friend

그대에게 난 너무나 어리죠.

기다려주세요, 내가

당신의 말, 당신의 웃음,

당신의 눈물, 당신의 사랑…

모두 이해하고

함께 할 수 있는 그날까지

지금처럼 변함없는 그 모습으로

기다려주세요.

s. hee

이 월

28

s. hee

: 곰돌아…
　나 잘 할 수 있을까?
: 그으럼~ 걱정 마.
입학 전날　　누구에게나 처음은 있는 거야.

이 월
29

s. hee

멀리 있는 친구에게 보낼 작은 선물을 준비했습니다.
그 아이가 참 좋아하던 꽃을 곱게 말리고
엄마의 도움을 받아 여러 날 짠 뜨개인형도 넣었어요.
그리움으로 꼭꼭 눌러 쓴 편지도 넣었고요.

부탁해··· 어여쁜 새야, 친구에게 잘 전해주렴.

삼 월

1 삼일절

봄맞이 노래

엄마가 생일선물로 주신 기타를 안고
"차라랑~ 차라랑~~" 엉터리로 치면서
"봄! 봄! 봄! 봄!~ 봄이 왔어요~
　　　　우리들 마음속에도~~"
봄노래를 부르던 기억이 납니다.
자연스레 시간이 흘러 곧 봄이 되겠지만,
그래도… 조금이라도 빨리 오라고
재촉하고 싶은 요즘입니다.

s. hee

삼 월

2

긴긴 겨울이 끝나고
얼었던 땅이 녹아들 때…
헛간 대청소는 우리 집 봄맞이 행사였습니다.
먼지를 털어내고 농기구를 살피고 겨우내 내려앉은
쿰쿰한 냄새까지 날려 보내고 나면, 몸과 마음이 엄청 바빠질
시골의 봄이 시작되었습니다.

봄맞이 헛간청소

삼 월

3

이제 일어나!

따뜻한 봄이 오고 있어~
이제 그만 일어나~!! :)

삼 월

4

영차!~ 영차~!
"봄날의 곰 한 마리 몰고 가세요!!"

봄이 어여 왔으면 좋겠어요.
나른나른, 포근포근한 봄이 어여 왔으면 좋겠어요.

봄날의 곰

삼 월

5

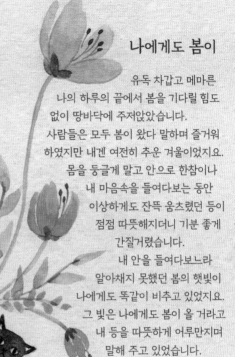

나에게도 봄이

유독 차갑고 메마른
나의 하루의 끝에서 봄을 기다릴 힘도
없이 땅바닥에 주저앉았습니다.
사람들은 모두 봄이 왔다 말하며 즐거워
하였지만 내겐 여전히 추운 겨울이었지요.
몸을 둥글게 말고 안으로 한참이나
내 마음속을 들여다보는 동안
이상하게도 잔뜩 움츠렸던 등이
점점 따뜻해지더니 기분 좋게
간질거렸습니다.
내 안을 들여다보느라
알아채지 못했던 봄의 햇빛이
나에게도 똑같이 비추고 있었지요.
그 빛은 나에게도 봄이 올 거라고
내 등을 따뜻하게 어루만지며
말해 주고 있었습니다.

s. hee

삼 월

6

s.hee

아침마다

매일 아침, 아침잠이 많은 나를
곱게 다려놓은 옷을 입혀 앉혀놓고는
긴 머리를 차곡차곡 땋아주던 엄마.
엄마의 손은 참 부드러웠고 은은하게 코를 간질이던 엄마 냄새.
그땐 모든 것이 너무나 당연했는데…
아무도 모르게 매일 그녀만의 작은 전쟁을 치러야 했다는걸
지금에서야 알게 되었습니다.

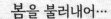

봄을 불러내어…

묵묵한 기다림이 힘겨워질 때…
가슴 속엔 아직도 또렷하게 남아 있는
빛깔들을 불러내 봅니다.
따뜻했던 마당의 공기…
산과 들을 아름답게 수놓았던
노랑, 빨강, 초록…
이렇게 가슴 속에
알알이 박혀
나는 언제든지
그날의 봄을
불러낼 수 있습니다.

s.hee

삼 월

8

선물

인생에 주어지는 선물은 때론… 아주 허름하고
초라한 상자에 싸여 배달되었습니다.
보내는 이의 이름도, 주소도
쓰여 있지 않아 이 상자를
열어야 되나, 말아야 되나…
설렘보다는 걱정이 앞섰습니다.

어찌나
꼼꼼하게 쌌는지,
덕지덕지 붙은
테이프들을
하나하나 떼어내기도
쉽지 않아 보였습니다.

하지만…
필요한 만큼의 용기를 내어
여러 겹의 누더기를 벗겨내고
마침내 열어본 상자 속에는
정말 깜짝 놀랄만한 선물이
들어 있곤 했습니다.

삼 월
9

봄을 그려내어…

작년에 우리 집 마당에 무슨 꽃이 피었었더라.
해마다 같은 꽃들이 같은 시기에 피어나
같은 시기에 지고 떨어지지만
꽃을 바라보며 아끼는 마음은
해가 갈수록 더 커져갔지요.
그 아이들의 기억을 떠올려
하나하나 그리다 보니…
나의 작은 방은 어느새
달콤한 봄의 향으로
가득 차 있었어요.

삼 월

10

s.hee

네 말을 들어보면 네 말이 맞고, 또 니 말을 들어보면 니 말도 맞아.

결국, 누구의 잘못이라 할 것 없이

우리는 각자 너무나 다른 우주 속에 살고 있지.

그러니까… 이제 그만, 서로 화해 해.

너와 너의 우주가 서로 만나

화해 해!

어여쁜 무지개를 만들어낼 거야.

삼 월

11

봄을 품은 씨앗들

겨우내 내 책상 위엔,
작은 유리병마다 꽃씨들이 가득했습니다.
마당에 핀 꽃들이 떨어져 씨가 맺히면
그때그때 따서 모아놓았거든요.
이렇게 메마르고 다 죽은 것 같은 작은
씨앗에서 그렇게나 고운 꽃들이 피어나다니…
매년 있는 일이지만 항상
신기하고 놀라운 일이었습니다.
유리병 안의 씨앗들을 가만히
들여다보는 것만으로
내 방 안은 벌써 봄으로
가득 찬 것 같았습니다.

삼 월

12

s.hee

볕이 좋은 봄날…
항상 그 모습 그대로인 우리 동네 구멍가게 작은 평상에
달달한 아이스케키 하나 입에 물고 앉았습니다.
집과 집 사이사이, 골목길 사이사이, 노오란 산수유꽃이 가득하고
봄볕을 쬐며 느긋하게 산책하시는 동네 어르신,
지나가는 고양이, 인사를 건네는 꼬마아이,
점잖게 가게 앞을 지키는 나이 많은 발바리.
모든 것이 편안하고 아늑한 기분입니다.
이렇게 우리 동네의 정다운 봄이 맛있게 익어갑니다.

**산수유꽃이
피는 계절**

삼 월

13

네가 어디로 가든지

네가 어디로 가든지…
너와 항상 함께 한다냥~

s. hee

삼월
14

수선화　　　　　Spring is here…

삼월
15

봄마중

봄이 오는 소리에
살랑거리는 치마 입고
봄마중 가고 싶어라.

S. hee

삼 월
16

s. hee

봄의 색깔   연두, 노랑, 연보라…
봄의 색깔은 어찌 이리 예쁠까요.

봄맞이

봄이 온다는 소식에
잠시도 가만히 있지 못해요.
오늘도 봄을 맞으러
밖으로 달려 나가지요~.

s. hae

삼월
18

못난이 삼형제

우리 집에도, 친구 집에도 있었던
' 못난이 삼형제 '
그런데, 야옹이 너…
설마 나를 못 찾는 건 아니지? ;;

삼 월
19

사춘기

모든 것이 이상하기만 한
시절이 있었습니다.

종종 마음에도 없는 말로
사랑하는 이들에게 상처를 주었고,
이렇게 변해가는 내 모습은
나 자신마저 참 낯설게 했지요.
마음의 방은 아직 작디작은데
몸은 빠른 속도로 자라나
불편하고, 부자연스럽고…
확실하지 않은 무언가로
두려운 날들이었습니다.

s. hee

삼 월
20

수선화밭의
오누이

햇살이 따뜻했습니다.
노오란 수선화들은 수줍은 얼굴을
햇살로 물들인 것 같습니다.
나의 작은 손을 꼬옥 잡은 누이의 손이
봄을 닮았습니다.

삼 월
21

S. hee

나는 행복의자

언젠가는 나에게 몸을 기대 쉴
너를 기다리며…

내가 이 모습이 되기 전
뿌리를 내리고 줄기를 뻗어
생명을 피워냈던 그 기억으로
온 힘 다해 꽃을 피우고, 향기를 피우고,
들려주고 싶은 달콤한 이야기를 피우고…
오직 너를 기다리며 서 있는 나는
…행복의 자…

삼 월

22

s. hee.

봄이 되면 친구와 봄나물을 캤습니다.
냉이며, 달래며, 씀바귀며…
얼었던 땅이 풀린 흙내음과 달콤쌉싸름한 나물들의 향기가
그렇게 좋을 수가 없었습니다.
보물을 캐듯 집중하다 보면, 어느새 시간이 훌쩍~ 흘러갔죠.
봄나물 캐는 일은 우리에겐 참 즐거운 놀이였습니다.

냉이캐기 한 바구니 가득 담아 가 엄마에게 칭찬받는 건 덤이었지요.

삼 월
23

아프고 난 뒤…

며칠을 앓아누웠습니다.
열이 나니 아파 울고,
울고 나니 열이 나는
날들이 계속되었습니다.
여러 날을 침대 위에서
보내고 난 후,
어느 날… 다리에 조금,
힘이 생기는 것 같았습니다.
아직 조심하라시는
엄마의 만류에도
꽃이불을 둘러쓰고
밖으로 나갔습니다.
햇빛은 유난히 포근하고
익숙한 풍경들이
새롭게만 보였습니다.
분명 겨울이었는데…
아프고 난 지금은
…봄… 입니다.

삼월

24

저에게도 정원이 생겼습니다.
무슨 일을 시작하기에 앞서 관련 책들을 몽땅 사서
가드닝에 대한 책들을 쌓아놓고 뒤적뒤적…
정원사들의 에세이집들도 읽어보며
그들의 삶을 동경해보기도 합니다.
마음가짐과 의지는 벌써 정원사가 다 된 듯하지만
일을 시작하기가 두려운 게으른 농부입니다.

게으른
꼬마농부

삼 월
25

가드닝 소품

s. hee

삼월

26

땅도 갈고, 꽃도 심고,
물도 주고, 동물들도 돌보고…
오늘은 아침부터 할 일이 참 많지.
룰루랄라~ 룰루랄라~~
신나는 노래를 흥얼거리며 화이팅! 해보는
꼬마 농부의 일터로 가는 길.

룰루랄라~

삼 월

27

모종심기

조그마한 텃밭이 생겼습니다.
흙을 갈아엎고 거름을 주고
모종들을 심었지요.
상추, 오이, 가지, 양배추,
깻잎, 방울토마토… 지금은
어리고 작은 싹이지만
쑥쑥 자라나 우리 가족의
입으로 쏘옥 들어갈
맛난 채소들을
쪼로록 심었습니다.
햇빛도, 물도 듬뿍 먹고
튼튼하게 자라라~고 노래를
불러주는 것도 잊지 않았지요.
얼굴은 벌겋게 달아오르고
땀방울이 얼굴을 적셨지만
이상하게도 상쾌한 기분이
들었습니다.

삼 월

28

꽃집에 가면 작은 차 한가득
꽃과 초록이들을 데려오지요.
이렇게 많이 데려오려 한 건 아니었는데,
정신을 차려보면 앉을 자리도 없이
가득가득 꽃을 채우고 있지요.

꽃 차

작은 차 한가득 달콤한 향기가…

삼 월
29

JUMP !!

봄날의 나른함에
눈꺼풀도 몸도 축 처졌을 때,
이런 저런 이유로 마음마저
흐물흐물 맥을 못 출 때,
다시금 다리에 힘을 주고
우스꽝스러운 점프를 해 보아요!
오른쪽으로 왼쪽으로, 앞으로 뒤로…

최대한 웃긴 모습으로
점프를 하다보면
내 발은 스프링을
단 듯 가벼워지고
물젖은 수건처럼
축 처져있던 마음까지
가벼워지곤 했지요~

삼 월
30

삼 월

31

꽃들을 정원에 심는 일은
내가 참 좋아하는 일이었습니다.
마음에 드는 꽃들을 고르고 흙을 파 조심스럽게 심고,
다시 흙을 덮어 물을 주는 것까지…
아직은 작은 꽃에서 풍기던 보드라운 향기와
흙이 내뿜는 참으로 건강한 내음 속에서
어느 것 하나 흡족하지 않은 것이 없는 시간들이었지요.

**꽃 심으러
가는 길**

**봄은
노래하는 계절**

팡팡팡!! 조그만 봉오리들이 터지며 고운 꽃을 피우는 소리.
조잘조잘 재잘재잘… 작은 새들이 끊임없이 수다떠는 소리.
깔깔깔 까르르르… 파아란 하늘 아래, 연둣빛 들판 따라
뛰어다니는 너와 나의 웃음 소리.
봄은 이렇게 만물이 노래하는 계절.

사 월

1

사월의 아이들

꽃을 닮은 아이들이 행복한 이 봄이길…

s.hee

사 월

2

꽃향 가득한 봄날의 공기는 훈훈하고
너의 온기 닿아 내 마음은 더 따뜻해.
몽롱한 햇살에 손끝에 스치는 모든 것이 말랑말랑해서
나도 모르게 웃음이 나와. 지금 이 순간이 꿈일까, 생시일까.
기분좋게 나른한 너와의 산책.

너와의 산책

사 월

3

따사로운 햇살 아래

따사로운 햇살 아래
어디든 편한 곳에 걸터앉아,
좋아하는 책 한 권만 있으면
마냥 행복하지요.

사 월

4

s.hee

봄바람

매년 이맘때면 마음이 싱숭생숭.
좋아하는 천가방에 꽃을 넣고, 챙 넓은 모자를 쓰고…
어디론가 자꾸자꾸 떠나고 싶어졌어요.
창가에 앉아 턱을 괴고는 여행 가고 싶다고 노래를 부르는 나에게
엄마는 '얘가 또 봄바람이 났네~' 하고 피식~ 웃으셨지요.

사 월

5

식
목
일

할미꽃

길가에 핀 할미꽃을 보면
어린 날, 둥글고 푹신했던
할머니의 등이 생각납니다.
한없이 넓고 푸근했던 그녀의 등이
지금은 할미꽃처럼 꼬부라져
난 또 그만… 눈물이 납니다.

사 월

6

s. hee

봄이 되었는가 싶었는데
그 사이 땅은 여린 풀들로 뒤덮였습니다.
조금만 더 지나면 억센 풀이 되어
뽑아주지 않으면 안되는 골칫거리들이겠지만
아직은 보들보들 초록 융단을 깐 듯합니다.
이맘때의 난 곧잘 신발을 벗어들고
맨발로 마당을 돌아다니곤 했습니다.
발끝으로 전해져 오는 땅의 따스함과 향긋한 풀내음이
조금은 어지러웠던 나의 맘을 차분히 달래주는 것 같았습니다.

사 월

7

봄을 걷는 시간

꽃가게 앞에서

봄만 되면 그래요.
하루에도 몇 번씩
발길이 머무르지요.
몽땅 다 내 방에
데려다 놓을 수 있다면
얼마나 좋을까.
보고, 또 보고
봄만 되면 도지는 병.
아직도 앓고 있어요.

사 월

8

가끔은 한 번도 가보지 못한 곳으로
무작정 떠나보고 싶었습니다.
그곳이 바다라면 정말 좋겠다 생각했지요.
얼른 커서 혼자서도 어디든 갈 수 있게 되기를
얼마나 바랐는지 모릅니다.

어딘가로의 여행

사 월

9

어디론가 훌쩍

이번에는 무조건 떠나야지… 매번 생각하지만
이번에도 나는 또 떠나지 못하고 있어요.
가고 싶은 곳, 보고 싶은 풍경, 낯선 아름다움들.
상상하며 기대하며 떠날 수 있을 그날을 위해
오늘의 수고를 기꺼이 참아내지만
막상 기다리던 그때가 오면
이 모양, 저 모양의 핑계들로 발목을 잡지요.
살아낸 시간만큼 나를 붙잡는 핑계들은
점점 더 생겨나 무거워질 테니
지금 이 순간이야말로
앞으로의 삶에서
가장 떠나기
좋은 때일 텐데 말이죠.

다음에는 정말, 무조건
어디론가 훌쩍~
떠날 수 있을까요.

s. hee

사 월

10

여기 저기 개나리가 활짝 핀 봄은
온통 노랑입니다.
입가에 맴도는 노래에 발 맞추어
노란빛 봄 속으로 나들이를 갑니다.

봄 나들이

사 월

11

튤립소녀

나의 튤립 정원 속.
그 속에 포옥 잠겨 있는
볼빨간 튤립소녀.

사 월
12

너무나도 작은 내 속에
너무나도 많은 것들이 있어.
한 번씩, 맘 먹고 날려 보내야 될 때가 있어.
많은 상념들, 지친 감정들.
멀리, 머얼리 날려 보내.

민들레 부는 아이

사 월

13

정원에서

나의 작은 정원에도
이렇게 꽃이
그득~하게
피어나길 바랍니다.

사 월

14

'난 다른 꽃들도 좋지만,
척박한 곳에서 꿋꿋이 피어나
작은 몸으로 봄을 수놓는 제비꽃이 제일 좋더라.'
라고 말하던 너.
봄마다 제비꽃을 볼 때면 그때의 너의 얼굴이,
제비꽃처럼 수줍게 웃던 너의 얼굴이 떠올라.

제비꽃 친구

사 월

15

노래할게요…

s. hee

기억은 갈수록
흐릿해져 가지만
그리움은 더욱 더 짙어만 가요.
나는 오늘도 이 자리에서
그날의 우리를
노래할게요.

사 월

16

**키작은 나무
아래에서**

키가 작은 꽃나무 아래에서
그 아이가 수줍게 건네주었던 편지를 읽었습니다.
그 부드럽고 달콤했던 향기는
작고 어여쁜 꽃들에게서 나는 것이었을까…
그 아이의 편지에서 나는 것이었을까…

꽃비 속으로

꽃비 속으로
…너와의 산책…

s. hee

사 월
18

내 마음속엔 작은 의자 하나 있어.
이렇게 설레는 봄이 오면
작고 예쁜 꽃들을 피우지요.
달콤한 향기에 이끌려 다가와
의자에 앉아줄 누군가를 기다리면서요.

내 마음속 의자

꽃비 내리던 날

그날,
너와 나의 머리 위로
꽃비가 내렸지.

사 월

20

s. hee

노오란 덩쿨 아래

덩쿨을 따라 노오란 꽃봉오리들이 팡! 팡! 터지고,
그 사이로 따스한 봄 햇살이 기분 좋게 간질이는 날에는
그 아래 앉아 이 모든 것을 누리는 것,
그것이 봄을 맞는 우리의 자세…

사 월

21

로뎀나무 아래에서

생각해보면 나는 참 여러 번
로뎀나무 아래에 앉아
있었던 것 같습니다.
추욱 늘어져 일어설 힘도 없고
일어설 마음도 없던 때
· · · · · · · ·
괜찮다 속삭여주고,
함께 가만히 앉아 있어 주고,
기운을 차릴 맛난 음식을 주고…
마침내 힘을 내어 걸을 수 있을 때엔
손뼉을 치며 기뻐해 주던 누군가가 있었지요.

지금도 가끔,
그 로뎀나무 아래에 기대어 앉아봅니다.
그때의 나처럼 힘들고 지쳐 이 나무를 찾을
그 누군가를 기다리면서요.

s. hee

사 월

22

마당에, 길가에, 들에⋯ 노오란 애기똥풀이 흐드러졌습니다.
'이번에는 무얼 하고 놀까⋯' 친구와 생각하다가
애기똥풀 가지 꺾어 매니큐어 놀이를 하기로 하였습니다.
톡! 하고 줄기를 꺾으면 이름처럼 갓난아기 똥 같은
노리끼리~한 즙이 나오지요.
조심조심 발라 열 손가락을 노랗게 물들이고,
그것도 모자라 열 발가락까지 다 물들이고 나서야

애기똥풀 놀이 우리는 서로의 솜씨를 자랑하며 헤벌쭉 웃었습니다.

사 월
23

빨간 모자

' 내가…
이렇게 예쁜 꽃들 모두
할머니께 따다 드리면
많이 기뻐하실까…? '

사 월
24

s. hee

봄이 오면,
아침에 뛰어나가 해가 질 때까지
그렇게 하루종일 아이들과 바깥에서 놀곤 했는데…
봄이 왔다고, 바깥으로 나가고 싶어하는 아이들에게
나가면 큰일이라고 말하는 마음이

우리가 잃어버린 것   …참, 안타깝고 씁쓸하네요…

사 월
25

울고 싶은 날

무슨 이유에서였는지
기억나진 않지만
가끔은,
작은 너의 몸에 기대어
울고 싶은 날이
있었습니다.

사 월

26

APRIL

s. hee

우리들만의 서커스

모두모두 모여라~!!
우리들만의 서커스~^^

사 월
27

기다리고 기다려

한 곳에 우두커니 앉아
세상 너머 어느 곳을
바라보고 있는 듯한
아이를 만났습니다.
나도 그 옆에 나란히 서서
그 아이의 시선을
좇으며 물었습니다.
"여기서 뭐 해, 친구?"
"…기다리고 기다려.
내가 아는 건 그것뿐이야…"
순간의 희망이 피어날 때마다
몽글몽글한 거품이 되어
공기 중에 흩어져 갈수록
점점 더 여위어 가는 몸,
점점 더 멀어져가는 시선으로
그 아이는 기다리고 기다리고,
또 기다리는 것이었습니다.

사 월

28

기나긴 소풍을 떠나왔습니다.
길을 걷다가 잠깐잠깐 숨을 고르며 쉬노라면
신났던, 즐거웠던, 때로는 괴로웠던 모든 곳, 모든 시간들이
하나같이 아름다운 시가 되어 나를 맴맴… 돕니다.
이제 곧, 편안한 내 집에 돌아가
세상에서 가장 달콤한 휴식을 누릴 것을 알기에
나는 힘든 길 위에서도 웃으며 걸을 수 있습니다.

소 풍

사 월
29

낮잠

밥만 먹고 나면 졸린 걸 보니
정말 봄인가봐요.

s. hee

사 월

30

오 월

1

젓가락 행진곡… 고양이 왈츠
엄마랑 같이 피아노를 치고 있으면
어느새
방 안 가득했던 들꽃 향기.

피아노 연주

KNOCK, KNOCK

똑·똑·똑…
어서 나와 봐~
토끼풀 화관을
만들어줄게.

오 월

2

s. hee

엄마놀이

그 시절, 우리는
왜 그리도 엄마가 되고 싶어 했을까…

행복해 !

나를 행복하게 하는
언제나 아주 사소하거나
지극히 일상적인 일이었지만
그 때마다 드는 행복감은 마치,
꽃으로 가득 찬 연못 위에
몸을 날리는 듯한
느낌이었지요.

s. hee

오 월

4

우리들 세상

와아아~
오늘은 우리들 세상이다~!!

오 월
5
어린이날

파티 준비

누군가의 생일을 맞아
깜짝 파티를 준비하는 일은
너무나도 설레고 즐거워요!

오월
6

s. hee

어렸을 때 나는,
가장자리가 해어진 오래된 엄마의 흑백사진이 좋았습니다.
짧고 이상한 단발머리에 낡은 무명 저고리를 입고 있었지만
장난기 가득한 눈매가 나랑 꼭 닮은 소녀가 빙그레 웃고 있었지요.
나와 같은 나이의 어린아이였던 엄마는 산으로 들로,
커다란 소를 끌고 다니며 풀을 먹였다고 합니다.
작은 손으로 나물을 뜯으러 온종일 뒷산을 헤매기도 하고,
여자가 무슨 공부냐며 타박이던 외할아버지의 눈을 피해
아무도 모르는 풀숲에서 몰래 책도 읽었답니다…
어린 엄마를 가만히 들여다보면 그 소녀가 말을 걸어왔습니다.
하루의 일들과 감정, 서로의 꿈에 대해 이야기를 나누다 보면
나는 사진 속의 그 아이를 꼬옥 안아주고 싶었습니다.

엄마와 나 #1

오 월

7

사랑다발 한아름

나 어렸을 적엔,
"엄마 사랑해, 아빠 사랑해." 이 말을
매일 입에 달고 살았습니다.
때때로 꽃집에서 꽃 한 송이를 사 들고
아빠가 퇴근하여 돌아오실 때쯤
집 앞에서 기다리곤 했지요.
작은 손에 꽃 한 송이를 들고 있는
어린 딸을 보시던 아빠의 마음을
엄마가 되어서야 조금은
짐작할 수 있을 것 같습니다.

어른이 된 지금, 가장 하기 힘든 말이
"엄마 사랑해… 아빠 사랑해…"
언제부턴가 마음을 꺼내어놓지 못하는
바보 같은 어른이 되어 있네요.

오늘은 그때 그 소녀로 돌아가
그동안 못했던 '사랑다발' 한아름,
부모님 가슴에 안겨드리고 싶습니다.

"엄마 사랑해! 아빠 사랑해!"

오 월

8

어버이날

엄마와 나는 자주
함께 산책을 했습니다.
달콤한 향기 가득한 아카시아 나무 밑을 지나
꼬불꼬불 논두렁을 지나
꼬물꼬물 작은 물고기들 헤엄치는 개울가까지
나란히 걸으며 우리는 참 많은 이야기를 나누었습니다.
이상하게도 산책을 하면서는 마음속의 비밀들도
엄마에게 털어놓을 수 있었지요.
깔깔거리며 나의 이야기를 들어주던 엄마는
아직도 품고 있는 어릴 적 꿈에 대한 이야기를 해주셨습니다.
살포시 웃음을 띤 엄마의 얼굴은 살짝 발그레하였고
그 모습이 꼭 열일곱 소녀같이 어여뻐 보였습니다.

엄마와 나 #2

오 월

9

엄마의
카스텔라

친구들과 신나게 놀다가
출출해질 즈음
엄마는 맛있는 카스텔라를
만들어 주시곤 했습니다.
우리를 자석처럼 끌어당기던
포슬포슬 따뜻한 카스텔라를
시원한 우유에 콕 찍어
한 접시를 다 먹고 나서
우리는 또다시
놀러 나갔지요.

s. hee

오 월
10

햇살이 따사로운 5월입니다.
밭일로 바쁘신 우리 동네 할머니들이
시원한 나무 그늘 아래 앉아 잠시 땀을 식히십니다.
할머니들의 가슴에는 어버이날이 며칠이 지났는데도,
아직 카네이션꽃이 달려 있습니다.
나무 아래에는 온통 자식들 이야기꽃이 피어납니다.
아마도 매년 그랬듯이,
5월이 다 가도록 할머니들의 가슴에는
빠알간 카네이션꽃이 달려 있을 거예요.

오월의 할머니들

오 월

11

엄마아~

"엄마~아~~!!"

내 아이가 달려옵니다.
나를 부르며 환하게 웃는
아이의 얼굴이 해처럼 빛나는 순간,
눈이 부십니다.

s. hee

오 월
12

오 월

13

엄마 마중

엄마가 읍내에 나가실 때면
마을 어귀에 있는 파란대문집 앞에서
엄마를 기다려요.

학교 다녀올게

*나 : 학교 다녀올게~~!!

*냐옹 : 흥, 지지배.
학교 첨 간 날이
엊그제 같은데 고새
새 친구 사귀어서
저래 신났네~~
나만 집에 남겨두고…
…힝…

s. hee

오 월
14

고맙습니다.
선생님!

항상 단정하고 근엄하신…
약간은 무서우셨던 어릴 적 우리 선생님.
일 년 중… 유일하게 우리 선생님의
환한 얼굴과 눈물을 볼 수 있었던 날이었습니다.

오 월

15

스
승
의
날

숨바꼭질 #1

접시꽃 가득한 정원에서
너랑 나랑 숨바꼭질.

s. hee

오 월
16

낡은 대문을
아름답게 장식한 장미 넝쿨,
소담스런 작약과 으아리, 파꽃, 나리꽃.
멀리서부터 꼬리가 떨어져라 흔들며 날 반기는 바둑이.
모른 척 졸고 있는 냐옹이··· 한결같은 웃음으로
"내 강아지, 인자 오노····" 맞아주시는 할머니.
나는 또 왠지 모르게 벅차고 뿌듯한
마음이 되어 힘차게 외쳐봅니다.
"학교 다녀왔습니다!!"

학교~
다녀왔습니다!

오월

17

슬픈 날

생각지도 못한
슬픔이 밀려오던 날.
가난한 엄마, 아빠의
한숨소리가 들려오던 날.
아무 말도 못하고 눈물만
똑똑… 떨어지던 날.

가만히
민들레 홀씨를 불어
하늘에 날리곤 했습니다.
하늘하늘… 춤추며 날아가는
씨앗들에 나의 마음을 실어
함께 날려보냈습니다.

s.hee

오 월

18

마음이 한껏 설레어 잠을 설친 날 새벽.
커튼을 열어 오늘의 날씨를 확인합니다.
엄마는 벌써 맛있는 김밥을 이만큼이나 싸 놓으셨습니다.
역시 김밥은 꼬다리가 제일 맛있는 법~
우리 엄마 김밥은 하루종일이라도 먹고 또 먹을 수 있답니다.

소풍날 아침   오늘은 날씨도 너무 좋을 것 같아 콧노래가 절로 나옵니다.

오 월

19

꿈의 계절

나무마다
사랑스러운
꽃들을 피워내고
하늘은 지저귀는
새소리로 가득합니다.
기분 좋게 나른한 봄은
달콤한 꿈을 꾸게 하는
계절입니다.

S. hee

오 월

20

오빠가 어디 갔나… 　　　　　찾아보면 십중팔구,
학교 앞 문방구였지요. 그 시절 문방구는 커다란 보물상자와도 같은 곳이었죠.
짤랑짤랑 푼돈으로도 종류별로 사 먹을 수 있는 불량과자들,
매일매일 새롭게 진열되어 있는 딱지며, 카드며, 종이인형들.
학교에서 필요한 각종 준비물이며, 한번 빠지면 헤어 나올 수
없는 오락기계까지… 늘 우리를 유혹하곤 했어요.
그곳에 가면 약속이나 한 듯 만날 수 있었던
우리네 영희와 철수들, 참 많이 그립습니다.

**어릴 적
문방구**

오 월

21

HAVE A NICE DAY !!

비가 오고, 바람이 불지만…
마음만은 뽀~송뽀송한 하루 되시길~!!

Have a Nice Day!!

S. hee

오 월
22

뽀송해져라~ 뽀송해져라~

햇살냄새 날 때까지‥
어린 풀냄새 날 때까지‥
뽀송해져라~ 뽀송해져라~

뽀송해져라

오 월

23

애
기
똥
풀

초믐

애기똥풀 다발을
들고 가는 한복소녀.
보잘것없고 귀할것 없는 들풀도
가만가만히 들여다보면
얼마나 사랑스럽고
귀한지 몰라요.

s.hee

오 월
24

오월

25

선 물 오늘은, 들판을 다니며 좋아하는 꽃을 한아름 꺾어
사랑하는 엄마의 작은 책상 위에 놓아둘 거예요.

개구리의 노랫소리

논가와 개울가에서 개구리 울음소리가 들려왔습니다.
학교에서도, 동요에서도 개구리는 "개굴개굴~" 운다고들 하는데
내게 들리는 개구리 소리는 "개굴개굴~"이 아니었어요.
"구르르르~ 구르르르~" 보드라운 융단을 쓰다듬듯이
참 부드러운 소리를 냈지요.
"구르르르… 구르르르…"
봄에 우는 개구리 소리는
마치 연한 나무 피리에서 나는 소리처럼
봄이 들려주는 자장가 같았습니다.

오 월

26

S. hee

봄마다,
집 마당 한켠에선
금낭화가 한창이었습니다.
길게 뻗은 가지마다 햇빛을 받아 반짝이는 하트 모양의
보석들이 조롱조롱 달려 볼 때마다 기분이 좋아졌어요.
내 마음에도 조롱조롱, 예쁜 사랑보석이
달렸으면 좋겠다… 했지요.

금낭화

오 월

27

달콤한 휴식

하루종일
잡초와 씨름 후
꿀맛 같은 휴식 시간.
잡초 위에 털썩 주저앉아 있으면
솔솔 풍기는 풀내음, 건강한 흙의 향기.
언뜻언뜻 이마를 스치는 한 줄기 바람…
열심히 땀 흘린 뒤의 휴식은
참으로 달콤하기만
합니다.

s. hee 오월

28

s. hee

그때의 하늘, 그때의 산, 나무들과 논과 밭,
개구리의 합창소리와 반딧불이의 반짝임.

나를 잊지 말아요.
그 속에서 바람처럼 떠다니던
나를 잊지 말아요   나의 웃음소리를 잊지 말아요…

오 월

29

꽃잔디에 누워

봄이면
마당 구석구석을
뒤덮은 꽃잔디…
그 색이 너무도
곱고 보드라워
꽃잔디 위에 누워
잠들고 싶었습니다.

오 월
30

어느새 하루가
바쁜 어른이 되면서
무뎌진 일상 속에 많은 것들이 잊혀진 듯 했습니다.
하지만 문득, 그때와 닮은 하늘을 보았을 때…
그날의 향기를 머금은 바람이 불어올 때…
그곳의 공간을 맴돌던 멜로디를 듣게 되었을 때…
그리움에도 통증이 있는 듯 가슴이 마구 뛰고,
눈앞이 뿌옇게 흐려지기도 하지요.

그리움을 엮어

오 월
31

S. hee

유 월

1

이불빨래

햇볕이 참 따뜻한 날.
그동안 미뤄왔던 겨울이불을 빨았습니다.
커다란 대야에 넣고 열심히 발을 굴렸지요.
몸은 좀 힘들었지만 왠지 마음은 후련해지는 것이었습니다.

꽃 사세요!

이유도 없이
우울한 기분이 드는 날.
나 자신에게 토닥토닥
칭찬해 주고 싶은 날.
동네 꽃집에 들러
꽃 한 다발 사 보세요.
알록달록 예쁜 꽃들을
빙~ 둘러보다 보면,
기다리고 있었다고
소삭소삭…
말을 걸어오는
꽃… 말이에요.

유월

2

햇빛이 뽀송뽀송한 날이면
엄마는 마당에 빨래를 널어 놓으셨습니다.
식탁보, 이불, 엄마가 손수 수놓으신 자수보까지…
햇살을 담뿍 담아 가슬가슬하게 잘 말려진 빨래들에선
고소한… 빵굽는 냄새가 났어요.
그 냄새를 맡으려 가만히 코를 댄 내 얼굴에도
뽀송뽀송 햇살이 전해지는 것 같았지요.

뽀송뽀송

유 월

3

COFFEE TIME

네가 우리 집에
놀러오면 좋겠다.
그럴싸한 커피는 없지만
싸구려 봉지 커피도
너와 함께라면
세상에서 제일 근사한
향을 낼테니…

s. hee

유월
4

남들이 뭐라고 하든
넌 안 된다고, 불가능하다고
모두 고개를 저어도…

날자~!
날아보자꾸나~~!!

날자, 날아보자꾸나!

유월

5

거미줄에
보석이
주렁주렁

비가 오는 날이면
거미줄에 크고작은
보석 방울들이
알알이 박혀요~
세상에서 제일 예쁜
보석들이지요.
너무나 많이 달려 있어
막상 거미줄의 주인은
거미줄이 망가질까
안절부절못하네요 :)

유 월

6 현충일

나는 오빠와 우리집 담벼락에 그림을 그리는 것을 참 좋아했습니다.
나보다 큰 그림을 그리려 팔을 맘껏 휘젓고 있으면 정말 신이 났지요.
오빤 맨날 괴물들을 그리고, 난 맨날 공주와 꽃들을 그렸습니다.
손바닥에 물감을 묻혀 여기저기 마구 찍기도 하고요.
그림들을 지울 때는 호스로 물청소를 했는데,
그냥 그대로 물놀이가 되곤 했지요.
우리집 벽은 세상에 둘도 없는 우리들만의 스케치북이었습니다.

**우리들만의
스케치북**

유 월

7

오누이

오빠는 항상　나를 놀렸습니다.
못난이, 울보, 징징이…
오빠가 심술궂은 얼굴로 나를 놀릴 때면
약이 올라 씩씩거리며 오빠를 쫓아갔지요.
나보다 힘도 세고 날쌘 오빠가
나에게 잡혀줄 리 없었지만요.

그날도 똑같았습니다.
메롱 거리며 날 놀리던 오빠와
뒤쫓아가며 징징대던 나는
그만 철퍼덕 넘어졌고, 무릎이 까져 피가 맺혔지요.
멀찍이 도망가던 오빠는 깜짝 놀라 달려와서는
심술궂었던 얼굴이… 울상이 되었어요.
집으로 돌아가는 길… 나를 업은 오빠의 등은
아빠의 등과 똑같이 참 넓고 따뜻했습니다.
머리 위로 흐드러진 복사꽃 향기가
그날따라… 참 달콤했습니다.

유 월

8

해마다 봉숭아꽃이 만발할 때면
엄마는 열 손가락에 봉숭아 물을 들여주셨습니다.

s. hee

작은 절구에 봉숭아 꽃잎과 이파리, 백반을 넣어 함께 빻아
작은 손톱마다 조심스럽게 올려 비닐로 싸고, 실로 묶고,
손이 근질근질하여 꼼지락대던 내게 가만히 있으라고
웃으시며 핀잔을 주던 엄마의 목소리,
첫눈과 봉숭아물과 첫사랑의 달콤한 이야기까지…
꽃 사이로 붕붕거리던 꿀벌의 날갯짓, 따사로운 햇살 아래
내 손도, 내 마음도… 곱디 고운 색으로 물들어갔습니다.

**봉숭아
물들이기**

유 월

9

수상한 방문

"어서 나와~!
우리랑 함께 가자~!"

나의 어린 날을 가득 채우던
오렌지빛 공상.

s. hee

유월
10

하굣길, 갑자기 만난 비에
길가 작은 처마 밑에 뛰어 들어갔어요.
엄마의 우산 챙기라는 말을 안 들었던 걸 후회하고 있을 때,
점점 더 거세지는 빗줄기 속으로 그 아이가 처마 밑으로 뛰어 들어왔어요.
서로 얼굴도 쳐다보지 못하고 인사조차 건넬 수 없었지만
그 아이의 붉어진 얼굴이 보이는 것만 같았고,
두근거리는 심장 소리가 들리는 것만 같았지요.
길가 작은 집 담장을 덮고 있던 빠알간 장미들이

장미꽃 향기 더욱 알싸하고 진한 향기를 내뿜던 그런 날이었습니다.

유월

11

떠나고 싶다

어렸을 땐,
어른이 되면 배낭 하나 메고
그냥 훌쩍 무전여행을 하고 싶었다.
지금은,
너무나 많은 것을 따지는 나이가 되어
새로움과 변화를 꿈꾸기보다
편안함과 익숙함에 길들여졌지만,
가끔은 내 몸보다 더 큰 가방을 들고
어디론가 떠나고 싶다.

유월

12

s. hee

토끼와 양귀비

올해도 작은 정원 한켠에 피어 있는 양귀비.
한 장 한 장 그리는 마음은, 나의 소원상자.

유월

13

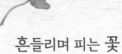

흔들리며 피는 꽃

걱정말아요.
이 세상에…
흔들리지 않고
피는 꽃은
없대요.

S. hee

유 월

14

양 귀 비
초당

s.lee

유월

15

붉은 양귀비와 빨간모자 소녀.
뭔가 석연치 않은 유혹과 속임수를 지닌… 하지만
양귀비소녀 타고난 매력으로 그 치명적인 오점을 다 덮어버리는 것 같아요.

그리는 시간

그림을 그리고 있으면,
어느새 나와 닮은 작은 소녀가 곁에 서고
창밖엔 울창한 자작나무 숲이 펼쳐집니다.
은은한 박하 향이 나는가 싶더니
내 작은 방은
싱그러운 초록 식물들로 뒤덮이지요.
그림을 그리는 시간은,
내가 사랑했던 그곳과
그때의 너를, 그때의 나를
만나는 시간입니다.

s.hee

유월
16

괜찮지 못한, 편안치 않은 마음을 드러내는 건 잘못된 걸까요.
모두 아무렇지도 않아 할 때, 나는 그렇지 않다고 말하는 건
말하지 않음으로 지켜온 것들을 무너뜨리고 마는 걸까요.

···요즘엔···

불편한 진실 조금 불편한 사람이 되어도 괜찮겠단 생각이 들어요.

유 월

17

하얀 거짓말

하얀 거짓말.
널 내 곁에
두기 위해서였어.

s. hee

유월
18

'좋아한다, 좋아하지 않는다'
좋아한다…가 나오면,
나도 모르게 헤벌쭉.
좋아하지 않는다…가 나오면,
세상 꺼질듯한 한숨이.
…이게 뭐라고…

좋아한다,
좋아하지 않는다

유 월
19

s. hee

오늘도 숨바꼭질

매일 해도 질리지 않는,
내가 제일 좋아하던 숨바꼭질.
매번 똑같은 데 숨는데도,
매번 잘 찾지 못하던 친구.
매번 손에 땀을 쥔 채
두근대던 가슴.

s. hee

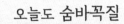

유월
20

*얘들아, 혹시 양 갈래 머리에 붉은 뺨을 가진 여자아이랑,
눈만 동그랗게 보이는 까만 고양이 못 봤니?…
*우린 아~무것도 못 봤다냥~~

할아버지의 경운기를 타고
시골길을 달리는 시간은 참 즐거웠습니다.
길옆으로 펼쳐진 논과 밭은 일 년 농사의 시작으로 분주하고
여기저기 꽃들이 앞다투어 피어나 공기는 달콤했습니다.
울퉁불퉁한 흙길인데도 할아버지는 노련한 솜씨로
참 편안하게 운전하셨지요.
온통 아름다운 색으로 입혀진 풍경들을
눈 속에, 마음속에 담으며… 할아버지와 경운기를 타고
시골길을 달리는 시간들이, 나는 그렇게도 좋았습니다.

**경운기
드라이브**

유 월

21

TEA TIME

오늘같이
사랑스러운 봄날엔,
예쁜 꽃 아래
예쁜 식탁보 깔고
예쁜 찻잔에 향기로운 차를 담아… 마주앉은 너와
예쁜 이야기를 나누고 싶어.

유 월

22

오늘도,
가벼워진 발걸음으로
감사의 길 걷기.

오늘도,

유 월

23

앉아있는 소녀

엘 르…

유 월

24

S. hee

북촌의 지붕

북촌.
이마를 맞대고 도란도란…
아픔도 기쁨도 함께 견디고 살아낸,
같은 세월을 이야기하는 지붕들이 정다운 곳.

유월

25

나도 꽃이랍니다

나는 호박꽃이 너무너무 예쁜데
왜, 내 짝꿍 녀석은
나를 보고 호박꽃이라고 놀리는 건지…?

혹시…
내가 그렇게나 이쁘다는 건가…?
흥흥 :)

유월

26

s.hee

s.hee

체리, 체리

체리의 빨간색처럼
선명했으면 좋겠어.

자장가

나의 시골집
작은 뜰 한켠에
흐드러진 싸리나무.
　　오늘처럼 바람이
　부는 날에는
사사삭… 사사삭…
고요한 노래를 불렀지.

그 평화로웠던 소리는
나의 마음에 남아
눈을 감으면…
그때, 그 나무 아래
사사삭… 사사삭…
자장가를 부르며
나의 힘들었던 하루
편히 쉬라 하네.

유월

28

"아무것도 안 하고 싶다. 이미 아무것도 안 하고 있지만
더 격렬하게 아무것도 안 하고 싶다…."

아무것도 안 하고 싶을 땐,
아무것도 하지 않을 수 있었던 어린 날.
아무런 걱정도, 아무런 짐도 없어
참말로 달디단 잠을 잘 수 있었던 어린 날이
그리워지는 요즘입니다.

**아무것도
안 하고 싶다**

유 월
29

여름이 오는 바람에서 참 달콤한 향내음이 났어요. 그 향기는
이슬을 머금은 어린 순의 싱그러움도, 짝을 찾는 새의 사랑노래도
열매를 위해 피어나는 꽃들의 설레임도 함께 전해주었지요.
눈을 감고 가만히 **여름향기**의 이야기를 듣고 있으면
여름향기 이 작고 아름다운 것들과 함께 있다는 것이 정말 행복했습니다.

유월

30

JULY

s. hee

칠 월

1

달달한 아침

창문을 열자마자
꽃향기로 가득한 공기가 너무나 달달해서
또다시 네가 생각나는 아침.

능소화 아래에서

너랑, 나랑
이렇게 앉아서…

s. hee

칠 월

2

칠 월

3

보석열매

여름이 되면 산에 들에 간식거리가 가득하였습니다.
앵두며, 보리수며, 버찌며, 산딸기며…
초록색 이파리들 사이로 알알이 박힌 작은 열매들은
햇살을 받아 반짝반짝 빛나는 보석 같았습니다.

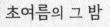

초여름의 그 밤

초여름의 밤에는
소리도, 향기도
더욱 짙어졌습니다.
들에 핀 꽃들과
온갖 곤충들, 개구리와
하늘의 달과 별들까지…
모두가 저마다의 목소리로
노래하는 밤이었습니다.
한층 짙어진 흙내음과
초록이들의 향기가
창문 넘어 코를
간질이는 밤이었습니다.
초여름의 그 밤,
잠 못 이룬 나는
달콤한 여름밤 공기 속으로
녹아들 것만 같았습니다.

칠 월

4

s. hee

가끔, 아니면 자주…
아슬아슬 외발자전거를 타고 곡예를 하는 듯한 기분이 들었습니다.
도전해야 할 어려운 과제나, 무언가를 넘어야 할 부담감이 다가올 때
하지만 돌이켜보면… 그런 시기를 잘 넘기고 나면,
한층 더 자란 나를 발견할 수 있었지요.

**외발
자전거**

칠월

5

별 따는 소녀

어렸을 적,
나의 눈에 비친 세상은
무수히 많은 별들이
반짝이는 밤하늘과 같이
아름다워 보였고
그 별들을 하나 둘 따다가
내 작은 마음에
담아두었습니다.

칠 월

6

S. hee

on a Rainy Day

s. hee

비가 오는 날엔
우리 골목 개구쟁이들 모두 모여
빗속을 달리기도 하고,
빗물을 받아먹기도 하며…
그렇게 하루종일 놀았지요.

On a rainy day

칠 월

7

보라빛 향기

비가 오는 날에는
주위의 모든 색이
더 선명해져요.
초록, 노랑, 보라, 빨강…
주위를 둘러싼
자연의 색들이
더 깊어지고
비 냄새, 풀냄새, 꽃냄새…
풍요로운 향기들로
가득 차요.
나는 우산도 없이
뛰쳐나가
비 오는 날의 수채화에
어우러지곤 했지요.

칠 월

8

우산 집

: 나도 끼워 줘~!!

: 얼른 들어와~!! :)

툇마루에 앉아

뜨거웠던 한낮의 열기를
시원한 소나기가 식혀 줍니다.
비 오는 날이면 툇마루에 앉아
물기 머금은 마당을
하염없이 바라보아요.
비에 젖은 흙과 꽃, 그리고
풀냄새를 참 좋아하거든요.
처마 밑으로 떨어지는
빗줄기도 좋아하고요.
가만히 앉아…
내 마음도 촉촉하게
젖어 들기를 기다립니다.
물기 머금은 나의 마음에서도
향기가 났으면 좋겠습니다.

칠 월

10

s. hee

긴 긴 장마철, 비가 많이 오는 날에는 시골집 지붕이 새기도 했습니다.
잠을 자다가 얼굴 위로 갑자기 떨어진 빗방울에 소스라치게 놀라 벌떡 일어나
바가지며 냄비, 그릇들을 비가 새는 곳에 받쳐 두었지요.
톡! 톡! 토도독!!
작은 빗방울들이 떨어지는 소리가 왜 그리 크게 들리던지
바가지 옆에 쪼그리고 앉아 빗방울이 모여드는 걸 지켜보다가,
원망스러운 듯 심통난 얼굴로 천장을 노려보다가,
그렇게 꼬박 밤을 새우기도 하였습니다.

**톡! 톡!
토도독!**

칠 월
11

비 오는 날에는

비가 오는 날은
자연스레 쉬는 날이
되었습니다.
초록의 산과 들은
비에 젖어 더 짙푸르고
텃밭에 심어두었던
작물들은 맛난 물을
빨아들여 보기 좋게
통통해졌지요.
빗소리를 들으며
이 모든 광경을 하염없이
바라보기만 해도
참으로 좋았습니다.

칠월

12

s. hee

비가 오면 너무나 신이 났습니다.
노오란 비옷을 입고 비에 잠겨 질척이는 마당을
텀벙텀벙 뛰어다녔지요.
다른 어떤 장난감도 이보다 신날 수는 없었어요.

비 오는 날

칠 월

13

꽃차 한 잔

마음에 비가 내리는 날이었습니다.
구푸린 등에 물기를 가득 담고 앉아 있는 내게
너는 따뜻한 꽃 차 한 잔을 건네 주었지요.
찻잔을 감싸쥔 손가락 사이…
전해져 오는 온기로 몸이 데워지고
내 안에 향긋한 꽃 향기가 가득 스며들어
어느새… 마음에 연분홍 꽃 비가
내리고 있었습니다.

s.hee

칠 월

14

오빠와 나는, 일부러 약속한 것도 아닌데…
비가 오는 날이면 꼭 알록달록 우비를 입고
밖에 나가 **비눗방울 불기**를 하곤 했습니다.
떨어지는 빗방울에 톡톡 터지는 비눗방울도,
갑자기 갠 하늘에 하늘하늘 올라가는 비눗방울도,
허공 속에서 녹아버린 그 비눗방울들처럼
지나가 버린 그날의 시간들이 다시 올 수 있을까요.

추억은
방울방울

칠 월
15

s. hee

오빠와 숨바꼭질

"못 찾겠다 꾀꼬리~!!"
어린 날을 수놓던
오빠와의 숨바꼭질.

칠 월
16

들판을 뛰어다니다 발견한 아담한 공간.
아무도 몰래… 좋아하는 노래로 작은 공간 가득 채우고,
책도 읽고, 인형놀이도 하고, 그 아이에게 편지도 쓰고,
비밀이 참 많아지던 나이… 어린 여자아이의 **은신처**는
은신처 설레임으로 반짝이는 작은 보석들로 가득했습니다.

칠 월

17

제헌절

봉주르제과점

빵집 앞에서

참새가 방앗간을
그냥 지나칠 수 없듯이
나는 오늘도 또다시
우리 동네 빵집 앞에서
발길을 멈추었습니다.

우왕, 다~먹고 싶어라~!!

칠 월
18

영희네 집에 가서 "영희야~노올자~!!"
다음엔 순이네 집에 가서 "순이야~노올자~!!"
친구들 집에 들러 다 불러내서 우르르 몰려다니며
곤충잡기, 소꿉놀이, 구슬치기, 고무줄, 숨바꼭질,
무궁화꽃이 피었습니다… 해가 뉘엿뉘엿 지고
엄마들이 저녁밥 먹으라고 찾으실 때까지
우리는 지치지도 않고 참말로 신나게 놀았지요.

순이야~ 노올자!

칠 월
19

오빠보다 더…

오빠는 날이 갈수록 키가 커서
엄마 아빠는 오빠를 볼 때마다
흐뭇한 미소를 지으셨습니다.
이런저런 아는 것도 많아
척척박사님 같아 보였고요.
난 그런 오빠가 어찌나
부러웠는지, 어느 하나라도
오빠를 이겨보려고
안간힘을 썼습니다.
"너는 세상 하나밖에 없는
정말 아름다운 아이란다."
나를 꼬옥 안아주는 엄마의 위로에도
입이 삐죽거려졌었지요. 오빠보다
더 키도 크고, 뭐든 잘하고 싶어.
오빠보다 더~ 오빠보다 더~!…

s. hee

칠월
20

초담

S. hee

연꽃 소녀   먼 곳에 간 그 아이를, 기다려요…

방랑자

어른이 되면, **'방랑자'**가 되고 싶었습니다.
방랑자가 정확히 무슨 뜻인지는 몰랐지만
왠지 무지 멋있는 사람일거라 생각했거든요.
욕심내지 않은 작은 짐 하나와 기타를 들고
긴 여정, 서로를 보듬어 줄 친구와 함께
가벼운 마음으로 길을 걷는 사람.
외롭고 지친 이에게 노래 한 자락
선물할 수 있는 사람.
뭐, 이런 사람이 아닐까 생각했지요.

칠 월
22

똑똑똑, 문 좀 열어주세요~
당신의 초대를 받지는 못했지만 나는 당신이…
매일 문 뒤에서 나를 기다리고 있었다는 걸 알고 있다고요.
부끄러워 말고 쑥스러워 말고 문 좀 열어주세요~~
초 대   그저 당신과 함께 웃고 싶을 뿐이에요.

칠 월
23

공중전화

동전 두 개.
짤그랑, 짤그랑
정성스레 전화번호를 돌려
한 번, 두 번 신호음이
갈 때마다 두근두근거리는
가슴은 방망이질치고…
너희 엄마 말고, 니 형 말고
곧바로 네가 받았으면…
드디어, "여보세요?"
침이 꼴깍. "○○네 아니에요?"
"아닌데요~" 뚝!!…
에휴, 어느 숫자를 잘못 돌린 거야.
동전만 날렸네. 에라, 모르겠다.
고백은 내일 하지 뭐.
*전화 한 번 하기가 쉽지 않았던
그 시절, 그래서 더 애틋하게
건네졌던 마음들.

s. hee

칠 월
24

꽃 리스의 소녀

고운 꽃들을 엮어 예쁘게 모자 장식을 하고,
꽃 리스에 앉아 있으면,
잊었던 내 친구들이 날 찾아와 주려나.

칠 월
25

두둥실

네가 옆에 있으면
손발이 막 간질거려~
입가가 씰룩씰룩
나도 모르게 웃음이 나.
나는 어느새
몽글몽글 꽃구름 타고.

두둥실 날아올라~

S. Lee

칠월

26

여름이 너무 찬란해~
행진하듯 여름이 펼쳐놓은
온갖 선물들을 맘껏 누리던 우리들.
혼자가 아닌, 함께여서 아름다웠던
내 어린 날의 하루하루.

**함께여서
아름다웠던**

칠 월
27

송아지

가끔 우리집 마당으로
외양간에 있던 송아지가
뛰쳐 나오는 일이 있었어요.
밖으로 나온 게 너무나 좋았는지
솜털이 보송보송한 송아지는
천방지축, 온 마당을 뛰어 다녔지요.
겅중겅중 뛰는 모습이 우스워
나도 같이 뛰고
싶었답니다.

s. hee

칠월
28

봄에 심었던 벼들은 쑥쑥 자라 초록 물결을 이루었습니다.
빙 둘러 눈에 보이는 모든 것이 짙푸른 옷을 입었습니다.

칠 월

아, 나는 이 여름의 초록을 얼마나 사랑했는지…

자전거를 타고 고요한 논둑을 가로지르며

29

…초록 공기 속으로…

초록, 여름 속으로 "따르릉~ 따르릉~~" 벨을 울려보았습니다.

여름날의 오후

더위에 지친 여름날 오후엔
시간마저 멈춘 듯했습니다.
나무 그늘 아래, 평상에
아무렇게나 누워 있노라면
멈춘 시간 사이로
여름의 소리들이 들려왔습니다.
매미와 풀벌레들의 울음소리,
열매와 곡식이 익어가는 소리,
따가운 햇살이
내 발등에 내려앉는 소리.
간질간질~ 귀를 간질이는
여름 소리를 자장가 삼아
나는 또 까무룩
잠이 들었습니다.

칠 월
30

해바라기처럼

나도 해바라기처럼, 비가 오고 바람이 불어도
어느새 살짝 비친 해를 꿋꿋이 바라보며
그렇게 아름다운 꽃을 피우고 싶습니다.

칠월
31

s. hee

팔 월

1

**네잎
클로버**

마당을 초록으로 뒤덮었던 클로버.

그 속에서 단 하나의 네 잎 클로버를 찾기 위해 헤집던 너와 나.

너는 번번이 행운의 네 잎 클로버를 찾지 못해 속상해하곤 했지만…

나에게 행운은, 무수히 많은 행복의 시간들을 함께 해 준 바로 너…였는걸.

자두향 가득한 여름

여름날,
자두나무 아래에 가 보면
여기저기 잘 익은 자두들이
떨어져 있었습니다.
바람이 많이 불거나
비가 온 다음엔
익지도 않은 자두들도
덩달아 떨어졌어요.
그래도 걱정은 없지요~
설익은 연둣빛 자두들도
가만히 놓아두면 빨갛게
물들었으니까요.
자두가 풍년이었던 그 여름.
이 바구니, 저 바구니…
여기저기 달콤한
여름 향기가 가득했었지요.

팔 월

2

- 너는 알고 있었을까… 그날, 그 시간.
책을 읽고 있던 네 옆 빈자리에 앉았던 건 결코 우연이 아니었다는걸.
아무런 눈길조차 주지 않던 옆모습을 애타는 마음으로 훔쳐보고 있었다는걸.

S. hee

- 너는 알고 있었을까… 그날, 그 시간.
내 옆 빈자리에 네가 앉았을 때부터 몸이 굳어 꼼짝할 수 없었다는걸.
새하얘진 책 구절을 읽고 또 읽어도 무슨 말인지 하나도 알 수 없었다는걸.

팔 월

3

**너는 알고
있었을까** 무엇이든 다 감아버리는 나팔꽃 덩굴이 너와 나, 함께 감아버렸으면
좋겠다…고 바보 같은 생각을 하고 있었다는 걸 너는 알고 있었을까.

고요하고 잔잔한

이렇다 할 것 없는 하루하루가 흘러갔습니다.
고요하고 잔잔한 일상은 마치 가만히 힘을 빼고 수면 위에
누워 있는 듯한 기분이 들게 했지요.
느리지만 성실하게 흘러가는 물살에
몸을 맡기고… 떠 가는 구름,
잠자리의 춤사위,
따사로운 햇살과
나무들의 그림자와 함께
시간을 보내는 그런 기분.
작은 것에 기쁨을,
사소한 일에 행복을,
모든 것에 감사를
배워나가는
평범한 일상 속에서
나는 조금씩 조금씩
영글어가고
있었습니다.

s. hee

팔 월
4

s.hee

이렇게나 더운 여름날, 우리 집 마당엔
커다란 빨간 대야 수영장이 인기였습니다.
해가 갈수록 점점 좁아져… 나중엔
다리도 못 펴고 앉을 지경이었지만
그래도 여름 더위를 날려버리기엔
이 빨간 대야 수영장만 한 것이 없었답니다.

**빨간 대야
수영장**

팔 월

5

모험가　　하루하루의 삶은
어떨 땐 밀림 같아서
우리는 늘 모험가의 마음을
품고 살아야 해요.

팔 월

s. hee

6

s. hee

동네 여기저기 꽃이 피어있는 계절에… 엄마는, 우리의 어린 시절이
너무나 빨리 지나간다 하시며 틈만 나면 사진을 찍어주셨습니다.
그 어릴 적 사진 속 오누이는 참 시원한 여름을 보낸 듯합니다.
메리야스와 팬티 한 장씩 걸쳐 입고 옆집도 가고, 교회도 가고,
엄마의 꽃 배경 여름사진마다 우린 그렇게 하의실종 패션이네요 :)
조금은 민망하기도 하지만 있는 그대로 참 해맑아

어릴 적 사진 꽃처럼 보이던 시절도 있었구나… 하며 자꾸자꾸 들여다봅니다.

팔 월

7

한여름의
사랑비

이렇게 더운
여름날에도
너와 함께 있으면
사랑비가
내려와.

팔 월

8

여름은
내가 참말로 좋아하는 옥수수를 수확하는 계절입니다.
쫀득쫀득 고소한 옥수수 알갱이를 다 먹고 나면
옥수수대와 껍질은 외양간 소들에게 가져다 주었어요.
옥수수 하나 먹고, 껍질 가져다 주고…
옥수수 또 하나 먹고, 껍질 또 가져다 주고…
그러다 보면 어느 새 옥수수 한 바구니를
다 먹어버리곤 했지요.

여름엔 옥수수

팔 월

9

어른이 된
피터 팬

"이건 비밀인데, 아빠 원래… 피터 팬이었어!", "정~말? 우와~!!"   AUGUST

어렸을 적, 아빠는 종종 귓속말로 이렇게 말씀하시곤 했습니다.
얼굴도 아닌 것 같고, 배도 많이 나오셨지만 어린 내 눈에 비친 아빠 영락없는 피터팬이었습니다.

몇 년이 지난 어느 날, 그때도 피터팬의 비밀이야기로 장난을 거셨답니다.
그런데 그날따라… 아빠의 장난스러운 눈 속에서 왠지 모를 그리움이
스친 것 같았어요. 반짝이는 무언가를 본 것도 같았고요. 그날… 어쩌면,
우리 아빠가 정말… 피터 팬이었을지도 모르겠단 생각이 들었답니다.

팔월

10

S. hee

소 달구지

쫀득쫀득 옥수수를 먹으며
덜컹덜컹 소달구지를 타고 시골길을 달리면
모든 것이 느리고 한가로워요.
내 속의 복잡했던 많은 것들도 어느새 단순해지지요.

우리의 여름이
행복하길

견딜 수 없는
뜨거움 속에서도
우리 모두의 여름이
건강하고 행복하길~!!

s. hee

팔 월

12

해를 좇아
그 밝은 에너지를 받아내어
내 안의 습기와 어둠을 말리고
당당한 모습으로 우뚝 선…

해바라기만 같아라

···해바라기만 같아라···

팔 월

13

초록에 잠겨

초록에 잠겨
천.천.히.
숨을 깊게
휴우~ 휴우~
.....
음~ 좋.다.

팔 월

s. hee

14

해바라기 밭

그 여름날의 해바라기밭 산책.

팔월

15 광복절

항 해

바다에 가고 싶을 때에는
아빠가 구해주신 커다란
소라껍데기를
귀에 갖다 대보았습니다.
그 신비한 소라껍데기는
바다의 소리를 고스란히
간직하고 있었지요.
나는 어느새, 찰랑거리는
파도 위를 떠다니며
짭짤하고 신선한
바다 공기를 가르고 있었지요.

팔 월

16

**하루종일
뛰어다니던**

어렸을 적, 뭐하고 놀았었나 생각해보면
그렇게 마냥 뛰어다녔었던 것 같습니다.
바쁜 일도 없는데, 급한 일도 없는데 어찌 그리
힘이 넘쳐 하루종일 천방지축으로 뛰어다녔었는지…
지금의 나로서는 참 알 수 없는 일이었습니다.

팔 월
17

소나기

무더운 여름날.
바깥에서 친구들과 놀다 보면,
소나기가 자주 쏟아졌습니다.
어린 날엔 매사에 뭐가
그리 재미났는지
후드득 떨어지는 빗방울에도
까르르 웃음이 터졌었습니다.
친구들과 함께 호들갑을 떨며
빗속을 뛰어갈 때도
그렇게 신날 수가 없었습니다.

인생이라는 길에서
소나기를 만날 때,
함께 있어 비에 젖는 것도
그리 힘들지 않을
그런 친구, 옆에 있다면
얼마나 좋을까요.

팔 월

18

여름날의 마당

어릴 적, 여름날의 마당엔
옹기종기 모여앉은 장독대와 어울리게 피어난
맨드라미, 접시꽃, 이름 모를 풀들이 가득하고
너와 내가 참 좋아했던 비눗방울 놀이에
영롱한 방울 방울들이 떠다닙니다.

팔 월

19

s. hee

이상한 나라로

산에는 지천으로
야생화들이 피어 있었고
고운 꽃들에 취해
정신없이 헤매다 보면
문득문득,
이상한 나라로 통하는
길 위에 서 있는
기분이 들었습니다.

팔 월

20

이렇게 더운 여름날에도
얼굴까지 이불을 끌어올리게 만드는 **"전설의 고향"** 시간.
지금 보면 좀 어설픈 귀신들, 도깨비들이
그땐 왜 그리도 무서웠는지…
전설의 고향을 보고 난 그날 밤에는 오빠와 손을 꼭
전설의 고향 붙잡고 잠을 청했지요. 오싹오싹! 더운지도 몰랐습니다.

팔 월

21

야외스케치

그땐, 틈만 나면 스케치북을 들고 밖에 나가 그림을 그렸어요.
마당에 핀 꽃들, 짙푸른 산과 하늘의 구름, 논과 밭 사이를
날아드는 새들, 눈에 보이는 모습 모습마다 너무나 아름다워
서투른 그림으로라도 남기지 않고서는 못 배길 정도였거든요.
그리고 싶은 하루하루의 풍경은 너무나 많고…
내 작은 손으로는 그것들을 다 그릴 수 없었기에
시간이 많이 흐르고 난 지금에도
나는 그때의 풍경을 이렇게
그리고 있나 봅니다.

s. hee

팔 월

22

Shall We Dance

일어나, 나와 함께 춤을 춰요~!
그런 우울한 얼굴, 처진 어깨로 있기에는
인생은 너무나 아름다워요~!!

쉘 위 댄스

팔 월

23

달달한 꿈

나를 둘러싼 모든 곳에 꽃들이 피어
바람을 따라 꽃내음이 떠다닙니다.
향기에 취해 몽롱해진 나는
달달한 꿈 속으로 빠져듭니다.

s. hee

팔월

24

s. Lee

**버드나무에
부는 바람**

마을 어귀에 있던 커다란 버드나무.
긴~ 머리 추욱 늘어뜨리고 있다가
바람이 불면 '쏴아~ 쏴아아~~'
몸을 흔들어 노래를 부르던…

팔월
25

토끼들과의 술래잡기

우리 집에서 기르던 토끼들, 토순이와 토돌이.
매일같이 토끼집을 뛰쳐나갈 궁리를 하다가,
용케 빠져나가 수풀 속으로 쏘옥 숨어버립니다.
자기들 이름은 아는 건지, 모르는 건지…
아무리 목청껏 이름을 불러도 오지 않고
눈앞에 보인다해도 토끼 잡기가 어찌나 어려운지…
하루종일 토끼들도 깡총, 나도 따라 깡총..
뜀박질하고 씨름을 해서야 겨우 잡을 수
있었던 녀석들… 그러던 어느 날 밤,
잠잠히 잘 지내길래 마음을 놓고 있던 그 밤에
토순이와 토돌이는 동반 가출을 하여
다시는 볼 수 없었답니다.
지금도 어느 굴속에서
아들, 딸, 손주들 낳고
즐겁게 잘 살고
있겠지요…?

팔월

26

s. hee

사방이 알록달록 꽃들로 가득 찼습니다.
눈에 보이는 것마다 싱그럽고 아름다운 날이었습니다.
나는 시간 가는 줄도 모르고 꽃을 땄지요.

한 바구니 가득 꽃을 모아 오는 길,
나는 꽃들로 꽃 글씨를 써보았습니다.
꽃보다 더 어여쁜 이름.

꽃보다 어여쁜 이름   엄…마.

팔월

27

할머니의 원두막

s. hee

폭신한 할머니의
무릎을 베고 누우면 코끝으로 싱그런 수박 향.
살랑살랑 한 뼘 바람으로 더위를 식혀준 할머니의 부채질.
아~ 좋다, 생각할 찰나 어느새 나도 모르게
잠이 들곤 했던 그 원두막, 그 여름날

팔 월

28

s. hee

내가 살던 곳에는 까마귀들이 참 많았어요.
가을걷이가 끝난 빈 논을 가득 메우고,
오선지에 그려진 까만 음표들처럼
너울너울 춤을 추는 모습은 정말 장관이었지요.
까마귀를 좋아하는 사람은 그리 많지 않을 테지만,
난 왠지 까마귀들이 참 좋았습니다.
특히… 황량한 무채색의 겨울 하늘을
떼 지어 나는 모습은 정말 아름다웠답니다.

까마귀 소녀

팔 월

29

선인장 때로는,
날 보호하기 위해 스스로 쳐 놓은 울타리에 가시가 돋아
나는 점점 더 움츠러들곤 했습니다.

s.hee

팔월
30

어릴 적 나의 꿈은 발레리나였습니다.
텔레비전에서 처음 본 발레리나의 우아한 동작은
단숨에 나의 마음을 빼앗아버렸지요. 하지만 안타깝게도,
시골 소녀에게 발레를 배우기란 참 어려운 일이었습니다.

팔 월

31

일찌감치 발레리나라는 꿈을 접었지만
수많은 밤, 떠다니는 공상 속에서
발레리나의 꿈 나는 세상에서 제일 우아하게 춤을 추곤 했습니다.

s. hee

**광합성이
필요해**

주근깨가 생겨도 좋아, 옷에 풀물이 들어도 좋아…
이렇게 환상적으로 아름다운 햇살이 내려오는 가을날엔
나에게도, 광합성이 필요해.

구 월

1

가을빛 마당

가을은 그렇게…
우리 집 마당에도 깊숙이 들어와
수줍게 물들어 가고 있었습니다.

구 월

s. hee

2

구월
3

나무는, 좋 · 다   나무는… 좋…다.

내 마음의 비가

세상은 아름답고
모두들 즐거운데
내 마음에만
장대비가 내리는
그런 날이 있었습니다.
그리고,
그땐 미처 몰랐지만
나의 어둠 속에
조용히 들어와
함께 비를 맞아 준
고마운 네가
있었습니다.

구 월

4

s. hoe

한참을 놀다가 오빠와 나는 그렇게… 집 뒷마당에 있는 돌담 너머
해가 지는 풍경을 보곤 했습니다. 작은 풀벌레 소리뿐, 사방이
고요하고 잠자리들이 물고기처럼 하늘을 헤엄치는 동안
뜨겁게 비추던 태양도 제집으로 돌아가고 있었습니다.
하루종일 조잘대며 소란스럽던 오빠와 나도 그 시간만큼은
아무 소리도 낼 수 없었습니다. 어떤 말도 없었지만,
더 많은 이야기를 들을 수 있었던지 나도 모르게 울컥,
조용한 눈물이 흐르기도 하였습니다.

노을 바라기

구 월

5

핑 계

*놀아줘~~
*미안… 오늘도 안 되겠어.
 아직도 슬퍼해야 할 일이
 백스물여섯 개나 남았거든.

마음만 먹으면
아파하지 않을 수 있게 되는 건 아닐까.
사실은 나 스스로 이 아픔들을
떠나보내고 싶지 않은 건 아닐까.
어떤 것이든,
중독된다함은 치명적인 달콤함을
숨기고 있다는 뜻이니까…
결국은 내가 만들고만 틀 속에
오늘도 숨어있었던 건 아닐까.

구 월

6

s. hee

실이 잔뜩 엉켰을 때…
가위로 싹둑 잘라버리든지,
인내심을 가지고 살살~ 풀든지…
엉키고 엉켜 그 끝과 시작을 알 수도 없는
이 마음뭉치는 어떻게 하나.

엉킨 실

구 월

7

소녀의 방 #2

참 예쁜 방을 가지고 싶었습니다.
나무가 보이는 자그마한 창과
앉으면 포옥~ 나를 감싸 줄
안락의자, 예스러운 축음기가
어울리는, 그런 아늑한 방이면
얼마나 좋을까요.
지금도, 그 꿈은 여전히
현재진행형
이랍니다. :)

s. hee

구 월

8

잘 있나요, 아픈 곳은 없고요?

그곳의 봄 또한 언제나처럼 아름답겠지요?

내 목소리 들릴 리 없지만, 그대의 대답. 들릴 리 없겠지만…

오늘도 난 가만히 해지고 엉켜버린 종이컵 전화기에 마음을 실어요.

눈물 없이 나를 떠나보냈던 그대이지만, 아무것도 남지 않은 그대의 표정에서

처음부터 우리의 마음은 달랐단 걸 알아버린 나이가 되었지만…

지금도 문득문득 이렇게 아픈 걸 보면

당신을 위해 남겨둔 나의 마음은 아직도 '사랑'인가 봅니다.

구 월

안 부

물들다

가을.
손끝이 닿는 곳마다,
발길이 머무는 곳마다,
고운 빛깔 물이 드는
마법 같은 계절.

s. hee

구 월
10

나에겐 아무런 향기가 나지
않았습니다. 향기가 없는 나에게
아름다운 꽃송이들을 가진 아름다운 이들이 다가와
그들의 꽃을 한 송이, 한 송이… 나누어 주었습니다.
나는 이 꽃들을 나의 초라한 옷에 장식하고 몸을 감싸 꽃향기가
배어들게 했습니다. 그렇게 가만히 앉아있으니 벌이 날아오고
나비가 나의 친구가 되어주었습니다. 나의 몸은 향기로 물들었고…
이젠 나도 꽃송이를 나누어 줄 수 있는 아름다운 사람이 되었습니다.

향기

구 월

11

너의 뒤에서

너는 나의 존재를 상관치 않겠지만,
그리 신경 쓰이지 않을 거리에 있지만,
너의 외로움의 한켠에서 이렇게
언제까지라도 서 있고 싶어.
문득문득 뒤돌아볼 그때에
나의 마음 다하여 위로할 수 있게…
너에겐 한순간 사르다 꺼져가는
성냥불이 될지라도 그 짧은 순간
너의 눈을 밝히고
너의 손에 따스함 남길 수 있다면…
너의 그 희미한 웃음을 볼 수 있다면…
난 그걸로 충분해.

구 월

12

s. hee

새참시간

하루종일 한 곳에 서서
알곡들을 지키는 허수아비 아저씨께
맛난 새참을 가져다드리고 싶었어요.

구 월

13

독서여행

책을 읽는 일은
어딘가로 훌쩍 여행을
떠나는 일과 같아요.
책 속의 정교한 지도를 따라
그 어느 곳에라도 갈 수 있지요.
마지막 페이지를 덮으며 긴 여정을 마칠 때
조금 더 새로워진 나를 만나는 건
참 멋진 일이에요!

s. hee

구 월

14

s. hee

구 월
15

간질간질~

간질간질간질~~
오빠~ 일어나~~
나랑 노올자~~~

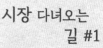

시장 다녀오는
길 #1

엄마랑
시장 다녀오는 길.
엄마가 사 주신
커다란 풍선 하나에
발걸음도, 마음도
붕~붕~ 날아오릅니다.

s. hee

구 월

16

시장
다녀오는 길 #2

엄마랑 시장 다녀오는 길, 마침 만난 길가 벤치에
무거운 장바구니 내려 놓고 잠시 쉬어요.
엄마랑 쭈쭈바 하나씩 입에 물고 나란히 앉아
참 별 것도 없는 사소한 이야기를 나누는 그 시간이
나는 그렇게도 좋았답니다.

구 월
17

집으로

나 언젠가
돌아가겠지요.
그리운 고향 집으로…
두고 온 모든 것들이
나를 반겨 따뜻하게
맞아줄 그곳…
많이도 변한 나를
나무라기보다
잘 왔다, 잘 왔어…
등을 쓸어주며
따순 음식 한 그릇에
내 눈물을 녹여줄…

나 언젠가
돌아가겠지요.
그리운 고향 집으로…

구월

18

s.hee

엄마가 집에 있는 천들로
추석빔을 만들어주셨어요.
몇 날 며칠 손으로 누비신 한복이었지요.
시장에서 산 한복처럼 바스락거리거나 화려하진 않았지만
매일매일 입었던 것처럼 편안하게 몸에 들어맞는
엄마표 한복이 난 그리도 좋았답니다.
이웃집으로 송편이며 전이며, 심부름을 갈 때에도…
새 한복을 옆집 친구에게 자랑하고 싶어서 어찌나 설레는지
발걸음이 허공에 붕붕 떠 마치 꽃길을 걷는 것 같았지요.

추석빔

구 월

19

신비로운 밤

꼭 무슨 일이 일어날 것 같은
신비로운 밤…
짙푸른 하늘엔 휘영청
커다란 보름달이 떠 있고,
나의 마음도
저 달처럼 부풀어 올라
도저히 잠을 이룰 수 없었지요.
그렇게 한참이나
달을 보고 있노라니…
앗~! 내가 제일 좋아하는
E.T 날아간다!!!

s. Lee

구월

20

s. hee

둥그런 달님이 두둥실~ 떠오른 밤.
수줍은 달맞이꽃들이 짙은 향기를 뿜어대던 밤.
소곤소곤, 나지막이
달님에게 마음속 이야기를 털어놓던 밤.

그런 밤

빨간 우체통

편지를 쓰고,
비뚤어지지 않게
조심히 접어 봉투에 넣고,
그 아이의 이름과 주소를
예쁘게 쓰고 싶어
잔뜩 긴장한 바람에
손가락이 저려오고,
빨간우체통에
편지를 넣으러 가는 길.
날씨도 좋아~
틈 사이로 편지를 넣어…
그때까지도… 손을
놓을까, 말까.. 망설이다가
에라, 모르겠다~
내 손을 떠난 편지가
우체통 안으로 떨어지며
"통!" 소리를 낼 때까지
두근두근 설레이던 마음.

s. hee

구 월

22

S. hee

23

숲 속에는

숲속에는, 너무나 고운 꽃들이 피어 있어
나는 항상 집으로 돌아갈 시간을 깜빡 잊곤 했습니다.

기찻길 따라

학교가 끝나고 집으로 돌아가는 길.
그 길에 기차가 다니지 않는 기찻길이 있어서
나는 곧잘 선로 위를 걷곤 했지요.
집으로 가는 방향이 같아서인지 그 녀석과는
기찻길에서 자주 마주치곤 했습니다.
선로 위를 걷노라면 나도 모르게
두 팔을 벌려 기우뚱, 기우뚱…

어쩌다 나와 그 녀석의
손끝이 닿아 전기에
감전된 듯 소스라치게
놀랄 때도 있었지요.
발개진 얼굴로
발끝만 보며
나란히 걷고 있는
이 기찻길이 영영
끝나지 않았으면…
하고 바라기도
하였습니다.

S. lee

구 월

24

너무나도 힘들었던 여름.
그 왕성한 계절이 끝나고
바야흐로, 책이 익어가는 계절이 왔네요.
읽고 싶은 책들을 장바구니에 몽땅 담아 놓으며
하얗고 고요한 쉼의 날들을 위해
아쉬움을 달래보아요. ♡♡

책 익어가는 계절

구 월

25

코스모스 난 길로

코스모스 난 길로
자전거를 타곤 했던
반짝이던 가을날들.

구 월

26

동! 동! 동대문을 열어라~!
남! 남! 남대문을 열어라~!
열두 시가 되면은 문을 닫는다아~!!

**동!동!
동대문을 열어라!**

장난감이 없어도 친구들만 있으면
시간가는 줄 모르고 즐거웠지요.

구 월

27

그 집 앞

일부러
먼 길을 돌아
꼭 들러보던
그 아이의 집.
혹시나 오늘은
작은 창문 열릴까,
설레는 마음으로
기대었던 그 아이의 집.
멀리… 좁은 골목 사이로
지붕만 보여도
가슴이 마구 뛰었던
그 아이의 집.

구 월

28

S. hee

친구야⋯   이제, 그 손을 놓아.
걱정과 우울은 네가 붙잡고 있는 만큼만 네 곁에 머물러.
네가 그것들을 붙잡고 있는 동안 자꾸자꾸 부풀어 가지.
아주 쉽단다. 그 손을 놓기만 하면 돼.
자~ 하나, 둘, 셋~!!!

이제,
그 손을 놓아

구 월

29

s. hee

단풍 아래서…

곱게 물든 단풍나무 아래…
떨어지는 낙엽을 맞으면
소원이 이루어진다는데…

구 월

30

가을이 오면, 나는 전보다 더
책 욕심을 부렸습니다. 용돈을 모아 책을 사고
엄마를 졸라 책을 사고… 읽고 싶었던 책들을 사서
옆에 쌓아두곤 부자가 된 마냥 흐뭇~해했지요.
가을이 다 가기 전까지 다 읽지도 못할 터였고
책을 펼치면 이상하게도 졸음이 쏟아지기 일쑤였지만
그래도 쌓여 있는 책들을 보면 이유 없이 그저 좋았으니

책이 좋아서

참 희한한 취향이 아닐 수 없었습니다.

시 월

1

국 군 의 날

기다리는 마음 볕이 좋은 가을날, 시골집 대문 앞에는 할머니들이 사이좋게 앉아계셨습니다.
도란도란 사는 이야기를 나누고, 바닥을 구르는 낙엽들을 바라보고,
가끔 지나가는 동네 강아지나 고양이들에게 말을 건네셨지요.
외출하신 엄마를 기다릴 때, 친구들과 술래잡기하다 지쳤을 때 나도 가만히
할머니들 사이에 앉았습니다. 할머니들의 이야기를 다 알아들을 수는
없었지만, 나직한 노랫소리 같은 할머니들의 목소리가 귀를 간질간질
참 듣기 좋았더랬어요. 이야기를 하시다가도, 아픈 무릎을 톡톡!
치시다가도 할머니들은 눈을 들어 먼 곳을 응시하시곤 했지요.
볕이 좋던 그 가을날, 할머니들은 그렇게 누구를 기다리셨던
걸까요…?

시 월
2

s.hee

s. hee

가을
그리기

내가 참 좋아하는 가을엔 내가 참   좋아하는 것들이 많았지요.
빨간 단풍잎, 노오란 은행잎, 버들강아지와 도토리, 소박한 얼굴의 과꽃…
가을이 빨리 왔으면 하는 마음에 일찌감치 가을을 그려넣어요.

s.hee

가을이 오는 아침엔

가을이 오는 아침엔,
전보다 일찌감치 먼저 일어나
엄마가 누비신 조각 이불을 어깨에 걸치고
따끈한 차를 커다란 머그컵에 가득 담고서
마당에 나가, 조금은 차가워진 공기를
맘껏 들이마셔주어야 하지요.
그것이 가을을 맞이하는
나만의 예의…:)

시 월

4

오래된 책장을 정리하다가
낡은 책 속에서 툭! 떨어진 사진 속
웃고 있는 우리들의 모습을 보았습니다.
어느 해 가을, 단풍 속으로 소풍을 갔을 때였어요.
지금도 가깝게 지내는 친구가 있는가 하면
이름이 가물가물한 친구도 있네요.
바래진 사진처럼 기억도 점점 흐려지지만
그날, 바람에 실린 우리들의 웃음소리는
아직도 귓가에 맴도는 것 같아요.

가을 소풍 사진

시 월
5

가을 선물

가을로 엮은 내 마음을
너에게 선물할게.

s. hee

시 월

6

해마다 이맘때면　　걸렸던 지독한 감기.
학교도 못 가고 방에 콕 박혀 집 안의 이불을 몽땅 돌돌 말고,
열이 올라 얼굴은 벌겋고 머리는 지끈, 코는 맹맹했지만,
온 방 안을 떠다니는 달짝지근한 국화차 향기를 맡고 있노라면,
감기 핑계로 학교 안 가고 집에서 엄마의 특별한 관심과
보호를 받아서 좋았던 철부지였지요. 그리고 이상하게도…
한 번씩 이렇게 아프고 나면 훌쩍 크곤 했던 신기한 시절이었습니다.

**감기
걸린 날**

시 월

7

엄마의 창가

아이는 집을 떠날 때,
뒤도 안 돌아보고 나갔습니다.
아이가 집에 돌아올 때까지
엄마는 바깥이 가장 잘 보이는
창가에 앉아
바느질을 하기도 하고,
뜨개질을 하기도 하고…
멀리, 집으로 돌아오는
아이의 실루엣을 발견하고는
매번 그렇게나 반가우셨답니다.

아이가 집으로 돌아올 때까지
엄마의 마음도 아이와 함께
외출 중이라는 것을…
바느질감도, 뜨개질감도
기다림의 핑곗거리였다는 것을.
나의 아이들이 어느새 커서
곁을 떠나게 된 지금에야
짐작할 수 있게 되었습니다.

시 월

8

그날따라 자꾸만,
그 아이와 마주치는 것이었습니다.
등굣길에서, 쉬는 시간 복도에서, 학교 도서관에서…
어디선가 불쑥 튀어나온 듯 갑자기 마주친 그 아이는 두 볼이
홍당무처럼 빨개진 채로 안절부절못하는 것처럼 보였답니다.
하루종일 일부러 내 뒤를 졸졸 따라다니는 것 같다는 느낌은
나만의 착각이었을까요…?

**그날따라
자꾸만**

시 월

9 한글날

무거운 여행

어딘가로 여행을 떠날 때마다 나는
왜 그렇게 짐을 많이 싸는지 모르겠습니다.
어깨에 메고 등에 진 것도 모자라 양손 가득 끌고 들고,
무거운 짐 때문에 낑낑대느라 정작 보고팠던 풍경을 놓치고
뭔가 빠뜨리거나 흘린 것 같은 불안한 마음으로 인해
낯선 길에서 만나야 할
새로운 나는 스치지도 못한 채,
익숙한 것과 함께 떠나
익숙한 그대로 다시 돌아옵니다.

다음에는… 다음에는 정말 이러지 말자,
몸과 마음을 가볍게 만들어서
새로운 것들로 가득 채워오는 거야,
낯선 곳에서 낯선 것들과 함께
익숙하지 않은 나를 꼭 찾아봐야지…
하는 굳은 다짐은 여행 가방 앞에서
정말 우습게 무너지고 맙니다.
내게 익숙한 것들을 이렇게 많이
남겨두고 떠나기엔
너무나 불안하거든요.

시 월

10

s. hee

s. hee

시월

11

그 애 생각

그 애 생각이… 수초 속 물고기처럼
하루종일 내 주위를 맴돌아서
멍하니 있는 것 말고는 아무것도 할 수 없어요.

자작나무 길

가을이 깊어지면
내가 참 좋아하던
자작나무 길을 지나
도토리를 주우러
갔습니다.

시 월

12

가을이 깊어지면
오빠와 함께 도토리를 주으러 갔습니다.
도토리묵을 잘 만드시는 엄마의 심부름이었지요.
땅에 카펫처럼 수북이 쌓인 낙엽들에선
'바스락바스락' 맛있는 소리가 났고,
오빠와 나는 그 소리가 참 좋아 발을 동동 구르며
낙엽길 위에서 뛰어다니곤 했습니다.

도토리 심부름

시 월

13

바람을 따라서

때때로
내가 향하는 곳이 어디인지
내가 가고 있는 이 길이 맞는 길인지
도무지 알 수 없는 때가 있지만
걱정 말아요.

온몸에 힘을 빼고
바람에 몸을 맡기다 보면
언제인지 모르게 내가 원하던
그곳에 닿아 있을 거예요.

s. hee

시 월

14

목욕탕 앞에서

할머니와 함께 동네 목욕탕에서 목욕을 마치고
따사로운 볕을 쬐며 마시는 바나나맛 우유는
그렇게도 달고 맛날 수가 없었습니다.

시 월
15

엉겅퀴 밭에서

마구 뒤엉켜 사납게 찔러대는
엉겅퀴 밭에 있더라도…
목청껏 불러도 대답할 이 하나 없는
고독 속에 있더라도…
그대,
지금 있는 그곳에서
꽃을 피워라.

시 월
16

가끔 마당 나무 사이로
커다란 이불을 걸쳐 놓고 캠핑 놀이를 했습니다.
소풍가는 것처럼 도시락을 싸고 좋아하는 책 몇 권 들고
이불 천막 안으로 들어가 음악도 듣고, 책도 읽고…
마치 낯설고 아름다운 숲에 있는 기분이었지요.

우리들만의 캠핑

시 월
17

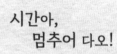

시간아, 멈추어 다오!

시간이 멈추었으면 좋겠다.
울엄마, 울아빠…
이 모습 이대로
내 옆에 계실 수 있게
시간이… 멈추었으면 좋겠다.

시 월

18

s. hee

시 월

19

가을아, 천천히

어렵게 찾아온 가을아~
조금만 더 천천히 가주겠니…?

장독대 마당 한켠 햇살 좋고 바람 고운 곳에는 장독대가 있었습니다.

시골 마을 어느 집이나 그러했지요.

크기가 다 다른 항아리에는 몇 년씩
묵은 된장, 고추장들이 들어있고
겨울엔 동치미와
살얼음이 낀 식혜도
들어있었습니다.
엄마는 항아리들을
애지중지하셔서
틈만 나면
반들반들하게
닦으셨지요.
항아리 속 음식들이
더 맛있어지라고
노래까지 부르시는
것이었습니다.
햇살 좋고 바람 고운
마당 한켠에 자리한
장독대를 볼 때마다
엄마를 닮은 푸근함에
그리도 좋았나 봅니다.

시 월

20

s. hee

s. hee

앞집, 옆집, 저~기 아랫집. 온 동네에…
고소한 깨 냄새가 진동합니다. 들깨를 수확하는 시기거든요.
어른들의 일터가 오빠와 나에게는 제일 신나는 놀이터였지요.
오빠는 바닥에 떨어진 깨를 모아 사부작사부작 놀다가
할머니께 핀잔을 들었습니다. 나는 고소한 깨 냄새를 맡고
몰려온 참새들을 쫓아버리려 나뭇가지를 휘휘~ 저었지요.

깨 터는 날 온 동네가 고소한 깨 냄새로 풍요로워지는 계절이었습니다.

시 월

21

힐링 타임

텅 빈 학교 운동장.
철봉에 거꾸로 매달려 대롱대롱.
솨아아아~ 바람 한 줄기 지나가고
그 바람이 가을을 떨구어내는 소리.
차분히 가라앉은 마음으로
이런저런 상한 감정들도
떨구어내는 시간.

시 월
22

참 작은 일로 다투었는데… 자존심 때문인지, 미안한 마음 때문인지…
"미안해…" 그 한마디가 나오질 않아.
서로 얼굴도 못 쳐다보고 그렇다고
멀리 떨어지지도 못한 채 이렇게 앉아

**서투른
화해**

똑딱거리는 시계 소리만 점점 크게 들려오는 불편한 시간.
여전히 다른 곳을 보고 있지만, 나도 모르게 손이 너에게…

시 월

23

잃어버린 별

나는 별을 참 좋아하는 아이였습니다.
밤마다 좋아하는 별자리를 찾아보고
쏟아지는 은하수에 황홀해하곤 했지요.
아무도 없는 밤, 시골의 작은 마당에서 있노라면
꼭 우주 속에 떠다니는 것 같았습니다…

밤하늘에서 그때의 것만큼
많고 아름다운 별을 보지 못하게 된 지금,
더 이상 별을 보지도, 별자리를 찾지도 않습니다.
밤하늘의 까만색마저 탁해져 버린 지금을 원망하며
그렇게 무수한 밤을 흘려보내고
무심코 밤하늘을 올려다 보던 어느 날,
나는 알아버렸습니다.

내가 잃어버린 것은
맑은 밤하늘도, 아름다운 별빛도 아니라
주위의 모든 아름다운 것에
경탄하고 감사했던 그때의
나의 모습이라는 것을…

s. hee

시월
24

시골집의 가을

처마 밑에, 겨우내 먹을 양식들이 주렁주렁.
집 벽을 따라 차곡차곡 예쁘게도 쌓여있는 장작더미.
겨울을 준비하는 시골집의 풍경에
세상에서 제일 큰 부자가 된 것 같습니다.

시 월

25

낙엽 위에 누워

낙엽 위로
몸을 던져 본 기억이
있나요?

S. Lee

시 월

26

가을놀이터

가을걷이가 끝나고,
나와 까마귀들의 놀이터가 되어 준
고마운 논바닥.

시 월
27

오늘도 네가 서 있던 그 자리에 갔습니다.
그곳은, 사시사철 건강한 숨을 쉴 수 있는,
내가 아무도 몰래 숨어 울 수 있는,
그 아이의 편지를 너의 등에 기대어
남몰래 읽어 보았던 곳…이었습니다.
잎을 틔우고, 꽃을 입고, 낙엽을 떨구었다가
죽은 듯한 네 몸에 생명이 다시 움트는 걸 보며
나는 참 네가… 사랑스럽다, 생각했습니다.

누군가의 필요로, 누군가의 욕심으로…
네가 있던 그 자리는…
허공이 되어버렸습니다.
오늘도 네가 서 있던 그 자리에 머물러
가만히 손을 얹어봅니다.
미안하다고… 가슴을 쓸어봅니다.
그 누군가를 원망해보지만,
나 또한 이기적인 '사람'임을 알기에
그저 미안하다고… 미안하다고…

오늘도 네가 서 있던 그 자리엔
잿빛 하늘이 있고
검은 눈물이 흘러내립니다.

s.hee

네가 있던 자리 #1

시 월
28

꼬불꼬불 논둑을 걸어 집으로 돌아가는 길.
계절은 또 그렇게 흘러 벌써 가을이 내려앉아
가을걷이가 끝난 논과 밭, 높아진 하늘과 알록달록 산,
차분하고 깊어진 공기에 기분 좋도록 알싸하고 콤콤한 내음이 가득했지요.
매년 반복되는 같은 풍경이지만 우리를 둘러싼 자연의 모든 것이
매일 새롭고 놀라워 나와 친구는 늘 호들갑을 떨곤 했습니다.
학교에서 집까진 꽤 먼 거리였지만 가을에 흠뻑 젖어
친구와 걷는 하굣길은 힘들지도, 지루하지도 않았습니다.

하굣길

시 월
29

네가 있던 자리 #2

나는 지금도 네가 있던 자리에
한참이나 머물다 가곤 합니다.
여전히 쓸쓸하고,
메마른 바람이 불고,
잔뜩 낀 구름에선 굵은
눈물방울이 떨어지지만
없었던 시간처럼
묻어버리는 것보다
이렇게 너의 아픔과 마주
앉아 있는 것이 나에게는
더 쉬운 일이기 때문입니다.
너와 나의 시간을
기억하고 기억하고,
또 기억한대도
그때의 우리는
되돌아올 수 없지만
되뇌이고 되뇌이고,
또 되뇌이면서
나는 오늘도 한 뼘 더
자라있는 것 같습니다.

시 월
30

나에게 마법의 능력이 있으면
얼마나 좋을까… 하고 생각했어요.
공간이동을 하거나 변신하거나 소설 같은 신비로운 능력이 있다면
좀 더 재미나게 살 수 있지 않을까 하고요.
그런 기적 같은 일이 일어나지는 않았지만
삶을 아름답게 하는 기적은 다른 것들임을…
그리고 이미 손을 뻗으면 닿을 만큼
가까운 곳에 있다는 걸 알게 되었습니다.

마법사

시 월
31

I·LOVE·YOU

s. hee

십일월

1

엄마가 짜 주신 목도리며 스웨터를 가만히 들여다보면
작은 한 올, 한 올… 꼭 하트 모양 같았어요.
수천, 수만 개의 작은 하트들이 모여
내 몸을 따뜻하게 해주었지요.

사랑뜨개

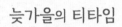

늦가을의 티타임

하루가 갈수록 점점…
짙어가는 가을 끝의 풍경.
따뜻한 온기로 너와 함께한
늦가을의 티타임.

십일월

2

s.hee

낙엽쓸기

마당에 수북이 떨어진 낙엽을 쓸어 한데 모으는 것은 내 일이었습니다.
낙엽을 쓸다가 바스락바스락 밟아보기도 하고
머리 위로 힘껏 뿌려 낙엽 눈을 맞기도 하고
내가 해야 할 일이었지만, 참 좋아하는 놀이이기도 했습니다.

십일월

3

완벽한 오후

내가 참 좋아하는
조용한 이곳.
시린 손을 녹여줄
한 잔 가득 진한 코코아.
너와 함께 듣고 싶은
이 음악과
그 노래를 따라
흥얼거리는 너의 목소리.
모든 것이
완벽한 오·후.

십일월

4

s. hee

지금은, 뜨개의 계절.
따뜻함으로 함께 하고픈 마음이
고운 색실 한 올, 한 올 이어져 갑니다.
그 더운 마음, 더 단단해지도록
한 올, 한 올 정성을 다해 봅니다.

뜨개의 계절 #1

십일월

5

앞머리를 내느냐, 마느냐

가을엔 왠지, 머리 스타일을
바꿔보고 싶었습니다.
친구들도, 나도… 유난히
거울 보는 시간이 늘어가는 때였지요.
앞머리를 잘라보면 어떨까.
아니야, 잘못 잘랐다가
이상하면 어떡해…
방 빗자루를 이마에
대어 보기를 수십번.
이번 가을이 가기 전,
앞머리를 잘라볼 수나 있을까요…?

*나도 이참에 머리나 길러볼까냥~

s. lee

십일월

6

하루에 몇 번 다니지 않는
마을버스 정류장에는 항상 할머니들이 계셨습니다.
읍내 장에 내다 파실 물건들을 바리바리 싸 들고
좀처럼 오지 않는 버스를 기다리며 앉아계셨지요.
다리가 많이 아프신 할머니, 허리가 많이 아프신 할머니…
그런데도, 눈에 넣어도 안 아픈 손주들이 놀러 오면
과자라도 더 사주고 싶으셔서…
읍내 장이 열릴 때마다 손수 키우신 것들을 싸 들고
좀처럼 오지 않는 버스를 기다리시는 거였어요.

시골버스 정류장

십일월

7

겨울이 오는 길목

이 길목에 앉아
가을을 떠나보내고 겨울을 맞이합니다.
떠나면서 가을은,
자신의 아름다운 색들을 모두 가져가 버리겠지만…
겨울은 알 수 없는 설레임을 데리고 올 것임을 알지요.
무채색의 무심한 추위가 마음에 스며들지 않도록
이 겨울의 시간이 서로 따뜻한 온기를 나누며,
우리들의 동화 같은 이야기로 채워질 수 있도록
이 길목에 앉아 겨울을 기다립니다.

십일월

8

s. hee

늘 이맘때면, 흐린 하늘을 향해 입김 서린 숨을 뱉으며
"사는 게 뭘까" 판에 박힌 질문을 던졌지요.
평소엔 쳐다보지도 않던 문학전집 중 한 권을 꺼내어
미간을 찌푸리며 어떻게든 읽어보려 애썼고요.
얼굴은 모르지만 모두가 아는 그 이름, '시몽'에게
낙엽 밟는 소리를 아느냐고 묻고 또 물었지요.

낭만에 대하여

십일월

9

창가에서

계절이 흘러가는
커다란 창가에 앉아
뜨거운 차를 천천히 마시며
숨을 고르지요.
어느덧, 주위의 모든 것에
필터가 덧입혀진 듯
나뭇잎도 조금씩 변해가고
햇살의 색깔도 달라져 있네요.
이렇게 물끄러미 바라만 보아도
참 좋은 가을입니다.

S. hee

십일월

10

십일월

11

파랑새

나의 파랑새를 쫓아
오늘은 어느 길 위에 서 있게 될까요.

음악 속 시간여행

노래가… 음악이…
예고도 없이 나를 어디론가
이끌고 가는 날이 있습니다.
음악은 나를 오래전 그때,
그곳으로 데려다 놓습니다.
동네 하나뿐인 레코드 가게.
가게 밖 스피커를 통해
　주변의 모든 것이 느려지고
　흘러나오는 음악과 나만
　있는 것 같던 이상한 느낌.
　빨간 얼굴로 두 손 주먹을
　꼬옥 쥔 어린 소녀가
　음악에 사로잡힌 듯
　바로 옆에 서 있습니다.
이 곡이 끝나면,
눈앞의 어린 모습의 나도
곧바로 사라져버리겠지만
이토록 짧은 찰나의
　시간여행이 주는 따뜻함과
　여운은 오래도록 내 안에서
　큰 힘이 되어주지요.

십일월

12

십일월

13

피노키오 꿈

거짓말을 하고 난 그날 밤,
피노키오 꿈을 꾸곤 했습니다.

나그네

항상,
나그네의 삶임을
잊지 말기.

십일월
14

이불 홑청을 뜯어내어
삶고 빨아 햇살에 말리고,
곱게 다려 다시 본래 모습으로 꿰매놓으시던 할머니.
눈이 어두침침하신 할머니 대신 바늘귀에 실을 꿰어드리다가
햇살 담아 뽀송뽀송해진 이불 속에 쏘옥 들어가면
희한하게도 고소한 빵 굽는 냄새가 나는 것 같았지요.
예쁘고 착한 마음으로 살아오신 그 세월만큼이나
알록달록 참으로 고왔던 할머니의 꽃이불.

**할머니의
꽃이불**

십일월

15

갈대숲 속 오솔길 가끔은 그렇게, 누구에게도 보여줄 수 없는 눈물이 나는 날이 있어서 그럴 땐, 집 옆으로 난 갈대숲 속 오솔길을 찾았습니다.
갈대들은 이미 무언가를 알고 있는 듯 나에게서 흘러나온 바람을 따라 하늘하늘 춤을 추고 있었습니다.

길게 쭉 이어진 갈대들을 조용히 쓰다듬으며 걷고 또 걸어 눈물을 훔칠 생각도 없이 그저 그렇게 흘려보냈지요.

쏴아-- 쏴아---

아무에게도 건넬 수 없었던 마음속 이야기가 바람이 되고, 춤추는 갈대들이 전해오는 노래가 너무나 다정하여 어느새 마음속 젖었던 자리가 따뜻하게 데워지는 것 같았습니다.

s. hee

십일월

16

s. hee

**엄마의
꽃다발**

꽃이 많은 계절, 엄마는 꽃들을 잘 말려두셨다가
겨울로 들어설 즈음, 예쁘게 마른 꽃들로 다발을 만드셨어요.
집안 곳곳에 걸려있던 엄마의 마른 꽃다발들은,
춥고 메마른 계절 내내 따스함과 위로를 건네주었지요.

십일월
17

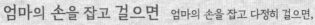

엄마의 손을 잡고 걸으면

엄마의 손을 잡고 다정히 걸으면,
가을빛 높아진 파란 하늘도…
나뭇잎들이 익어가는 듯, 알싸한 공기도…
쏴아아~ 쏴아아~~ 갈대들의 속삭임도…
다~ 내 것이 되지요.

s.hee

십일월

18

s. lee

또다시 겨울이 오려할 때마다
엄마는 작아져서 못 입는 옷의 실을 풀어 새 옷을 짜 주셨지요.
나는 꼬불꼬불 라면 같은 실들을 풀고 새로이 감는 일을 도와드렸어요.
엄마랑 마주앉아 풀고 감고, 풀고 감고… 나긋나긋한 이야기와
단조로운 손놀림… 시간이 조용~히 흐르는 것 같았지요.
묶인 매듭도 살살 풀어가며, 꼬인 실도 달래가며…
어느새 바구니 안, 하나 가득 알록달록 실 공들이
쌓인 것을 보면 그렇게 뿌듯할 수가 없었습니다.

**엄마랑
실감기**

십일월

19

산책 요즘 같은 늦가을, 엄마와 산책을 자주 했습니다.

나무는 나뭇잎을 모두 떨구었지만… 땅 위에는 아직도 곱게 물든 나뭇잎들이 깔려 있었습니다.

예쁜 것을 보면 그냥 지나치지 못하는 엄마 덕분에 우리의 산책은 꽤 오랜 시간 계속되었지요.

엄마는 크리스마스 장식에 쓸 솔방울과 이파리, 나무 열매들을 모으시며

엄마 어릴 적 이야기를 해주셨습니다. 그땐 그랬지… 그래서 참 좋았는데…

추억에 잠긴 엄마의 얼굴이 참 아름다워 보이기도 하고, 또…

쓸쓸해 보이기도 해서 엄마에게 이렇게 여쭤보았어요.

"엄마, 타임머신이 있다면 그때로 돌아가고 싶어?"

엄마는 갑자기 잠에서 깬 토끼처럼 눈을

동그랗게 뜨고 환하게 웃으시며

이렇게 대답하셨어요.

"아아니~!! 그때엔, 세상에서

제일 사랑하는 우리 딸이

없었잖니~!! :)"

s.hee

십일월

20

닮아가기

사랑하는 사이는
서로 닮아가는 거래.

십일월
21

학교~ 잘 다녀와!

바깥 처마엔 고드름이 얼었고
바람이 씽씽 부는 겨울날 아침.
아무 할 일 없이 방바닥
제일 따뜻한 곳에서
쿨쿨 잠만 자는 너,
야옹이… 얄미워!!
오늘 같은 날엔 정말이지,
나 대신 너를
학교에 보내고 싶다아.

s. lee

십일월

22

* 유독 아침잠이 많아
힘들었던 등교시간,
거의 매일 했던 생각.

우리 오빠가 어느 날 갑자기 달라졌습니다.
자기 방에만 콕 박혀 나랑은 놀아주지도 않고…
오빠가 좋아하던 장난감들로 사정을 해도,
퉁명스러운 말투로 저리 가라고만 합니다.
갑자기 왜 그랬는지, 섭섭해서 많이도 울었지요.
내가 그 나이가 되어 "출입금지" 푯말을 붙이던 때에야
오빠를 이해할 수 있었답니다.

우리 오빠가
달라졌어요

십일월
23

시험 보는 날

나는 스크램블을
누구보다 더 맛있게
만드는 법을 알고 있어요.
우리 집 고양이가 하는 말을
기가 막히게 잘 알아듣고요.
다퉜던 친구와 어색하지 않게
화해하는 법도 알고요.
어떤 꽃이 어느 계절에
피고 지는지,
정원 어느 곳에 심으면 가장
예뻐 보이는지도 잘 알지요.

그런데 왜…

학교 시험에서는
내가 잘 아는 것들에 대해서는
하나도 물어보지 않는 걸까요…?

십일월

24

그 때…

너밖에 보이지 않고
너밖에 들리지 않았지.
너의 웃음에 세상이 다 내 것 같았고
너의 눈물에 세상이 끝난 것도 같았지…
믿을 수 없을 만큼 어리석고
그래서 더 눈부셨던… 그때.

첫사랑

십일월

25

딱~! 걸렸어

엄마가 돌아오시기 전에
살짝만 해보려 했는데…
엄마 옷 꺼내 입고,
입술 바르고,
아이섀도도 발라보고…
너무 재미있어서 그만,
시간 가는 줄 몰랐나 봐요.
외출에서 돌아오신 엄마한테
딱~! 걸렸네요~~~

s. hee

십일월

26

s.Lee

때론, 작은 것들이 큰 힘을 발휘합니다.
작은 속삭임, 작은 몸짓, 작은 미소…
너무나 소중하여, 너무나 진실하여
조심스럽게… 수줍게 건넨 작은 위로에
그 사람은 세상보다 더 큰 그대의 사랑을 품습니다.

작은 위로

십일월

27

s. hee

텅 빈 마음

마음에
담아 두었던 말들이
하릴없이 빗물이 되어
떨어지던 날.
나를 둘러싼 하늘은
온통 잿빛이 되고
말들을 잃어버린
나의 마음은 텅 비어버려
나는 갑자기 훌쩍 자라
어른이 된 것만
같았습니다.

십일월
28

시골집의 겨울맞이는
무청을 말리는 것으로 시작되었습니다.
찬바람이 불어올 즈음 우리 집에도, 옆집에도, 외양간에도, 창고에도…
보이는 벽마다 가지런히 무청이 걸렸습니다. 엄마의 여문 손이 걸어 놓으신
무청 다발이 내 눈에는 참 고와 보였지요.

s. hee

겨울을 지내며 그곳, 그 자리에서
바람을 맞고 눈을 맞고 얼었다, 녹았다…
시골집의 질깃질깃 구수한 시래기가 될 때까지 견디어낼 풍경에는
겨울맞이 우리 엄마의 손과 닮은 순박한 아름다움이 있었습니다.

십일월
29

눈물이 나는 날이면

눈물이 나는 날이면,
엄마의 품에 안겨 실컷 울었습니다.
엄마는 눈물 뚝~! 하라고 하지 않으시고
울고 싶은 만큼 다 울 때까지 기다려주셨지요.
기운이 없어질 때까지 실컷 울고 나서
한숨 푸욱~ 자고 나면,
거짓말처럼 슬픔이
사라지곤 했습니다.

s. hee.

십일월
30

복된 소식

"복된 소식을 어서 전하러 가자~!!"
올해의 마지막 달이네요.
한 해를 기억하며, 남아있는 기쁘고 복된 날을
사랑하는 이들과 따뜻하고 행복하게 보내길 바랍니다.

십이월

1

첫눈을 기다리며

'오늘은 첫눈이 올라나‥?
기다리는 마음으로
종이 눈송이도
오려 걸었는데…
손톱 끝, 봉숭아 물이
다 없어지기 전에
와야 하는데…'

어렸을 적엔 눈이 오면
그렇게 좋을 수가 없었지요.
눈이 오길 기다리고,
또 기다리고…
함박눈이 폴폴 날릴 땐
내 마음도 따라
춤을 추는 것만 같았어요.

십이월

2

십이월

3

겨울, 자작나무 숲 산책

겨울의 자작나무 숲을 걷는 것.

아무 말 없어도 편안한 너와 하고 싶은 것.

전령, 소식

복된 소식을 들고 산을 넘는 자들의

아름다운 이야기를 아시나요.

그 길은 참 좁고 험한 길.

그래서 그 발은

다 부르트고 먼지투성이지만

그만큼 숭고한

아름다움의 씨앗을 심으며

묵묵히 걸어가는 사람들 말이에요.

십이월

4

매년 이맘때면,

아빠는 우리랑 겨울나기 준비를 하셨지요.

사실, 준비라기보다는 우리랑 들판 여기저기 다니며

겨울나기 준비

함께 놀고 싶으셨던 것 같았지만요.

십이월

5

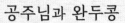

공주님과 완두콩

내가 참 좋아하던 동화.

'공주님과 완두콩'
집에 있는 이불을 몽땅 꺼내어 놓고
그 위에 둥둥 누워 공주님 행세하기~

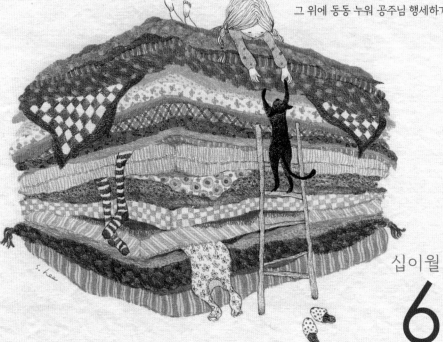

십이월

6

s. hee

십이월

7

**너에게 기대어
그렇게…**

너에게 기대어 그렇게…
아무 걱정없이, 아무 생각없이 그렇게…
온몸에 힘을 빼고 싶은 오늘입니다.
그 옛날, 어렸던 그때처럼…

자화상 그리기

내 얼굴을 그리는 일은
참 흥미로운 일이었습니다.
거울에 비친 내 얼굴은 별로
변한 것이 없는 것 같은데,
내가 그린 내 얼굴은 그때그때
달라져 있었습니다.
상냥한 얼굴, 심술궂은 얼굴,
행복한 얼굴, 우울한 얼굴…
그날그날의 마음이
고스란히 담겨 있었지요.
자화상을 그리는 일은
마음을 들여다보는
일이었나 봅니다.

십이월

8

s. hee

난 매일 벽을 쌓는다. 내 모습이 보이지 않을 만큼,   꼭 그만큼의 벽을

난 매일 내가 만든 벽을 허문다. 너의 흔적을 볼 수 있을 만큼, 꼭 그만큼의 벽을

허물어진 틈 사이로 보이는 건… 나와 벽을 사이에 두고 기대선 너의 기다림.

벽 꽃 한 송이; 초록 이파리, 따뜻한 미소… 작은 선물들을 수줍게 건네는 너의 기다림.

십이월

9

그 시절, 우리가
좋아했던 소녀 #1

텔레비전을 켜면
연인의 품에 수줍게
숨어있던 초콜릿 그녀.

십이월
10

s. hee

십이월

11

그 시절, 우리가
좋아했던 소녀 #2

빼꼼··

토끼 같은 두 눈이 너무나 귀여워
손발이 오글오글거리면서도
눈을 뗄 수가 없었어요.

그 시절, 우리가
좋아했던 소녀 #3

어떤 밤,

나는 텔레비전 속의

그녀가 된 꿈을 꾸기도 했었죠.

머리부터 발끝까지

닮고 싶었던…

그 시절, 우리가

좋아했던

소 · 녀 .

십이월

12

s. hea

s. hee

때때로 불안은 거대한 숲이 되어
나는 그 속에서
길을 잃곤 했습니다.

불안의 숲

너의 위로

어렸을 적부터 함께였던
커다란 곰 인형이 있었습니다.
시간이 갈수록 낡고 해져서
예쁜 새 인형들에게 밀리면서
방 한구석에 처박혀 있었지만,
마음이 울적하고 눈물이 나는 날이면
나는 어김없이 낡은 곰 인형에 얼굴을 묻고
울기도 하고, 잠이 들기도 했습니다.
낡은 곰 인형을 안고 있노라면 왠지
마음이 진정되어 편안해지곤 했지요.
어떨 땐… 어떠한 말도 필요 없이…
그저 슬픔의 시간과 공간에
함께 있어 주는 것만으로
가장 큰 위로가 될 수 있다는 걸
나의 낡은 곰 인형에게서
배웠습니다.

십이월

14

s. hee

늘 그렇듯 갑자기 다가온 추위에
바늘을 잡은 손이 급해집니다.
한 올 한 올 짜기 위해 들인 시간, 정성…
그리고 내 마음의 크기 만큼
당신의 겨울이 따뜻했으면 좋겠습니다.

뜨개의 계절 #2

십이월

15

안녕, WINTER!

난, 네가
참… 좋아!

십이월
16

s. hee

십이월

17

썰매사슴팀
준비완료~!!

"산타 할아버지~~
우리는 준비가 다 되었습니다요.
보내만 주십시오!!"

Merry Christmas

s. hee

크리스마스
소녀

아직
한참이나 남은
크리스마스이지만
최대한 오~래
그 설레임을 즐기고픈
마음입니다.

십이월

18

조금만 더 같이 있다가 내놓아주려 했는데,
나도 모르게 잠이 들고 말았네… ㅜㅜ
눈사람이 녹아버려서 속상하고,
괜히 가지고 들어와서 방 더럽힌다고
엄마한테 혼나서 또 서러웠던 그 시절.

내가 잠든 사이에

십이월

19

교회 오빠

사춘기 시절 소녀들에겐
저마다의 열정의 대상,
'**교회 오빠**'들이 있었습니다.
부드러운 인상에 안경을 썼고,
기타연주에 노래를 곧잘 불렀죠.
성탄절 이브 행사 연습 후,
교회 오빠가 바래다주던 길
얼마나 가슴이 두근거렸었는지…
집으로 가는 길이 이대로 쭈욱
계속되길 기도했었습니다.
그 누구보다 더 멋져 보였고
소녀들의 마음을 설레게 하던
교회 오빠들…
지금은 어디서 무얼 하고 있을까요…?

십이월
20

학교에서도, 교회에서도…
조금은 느릿한 걸음걸이를 닮은 **풍금소리**.
쉬육~쉬육~~ 바람이 넘나들고 두 발로 숨을 불어넣으면
풍금소리   떨리는 목소리로 노래를 하던 참 따스했던 그 풍금소리.

십이월
21

화이트 크리스마스를 꿈꾸며…

해마다, 크리스마스를 기다리는
그날들이 참 좋았습니다.
크리스마스를 기대하고, 준비하고…
그리고 왜 그리
'화이트 크리스마스'를 꿈꾸었는지
크리스마스 날 눈이 온다면…
백 배쯤은 더 행복할 것 같은 예감~
참 많은 크리스마스를 보내며
산타할아버지한테 선물 받을 일도
유난 떨며 준비할 일도 없지만,
이번 크리스마스엔…
눈이 올까요…?

십이월
22

s. hee

오늘은 땔감 나무 대신
크리스마스를 장식할 나무를 구해옵니다.
눈이 소복이 쌓인 산길은 환히 빛났고
왠지 모를 설레는 마음에 콧노래가 절로 나왔습니다.
크리스마스를 며칠 앞두고…
괜히 더 착해지고 싶고, 주위의 모든 이들을
축복하고 싶은 마음이 간질간질했던 건

크리스마스 준비 산타 할아버지의 선물 때문만은 아니었을 거예요.

십이월

23

우리들의 크리스마스

크리스마스가 되면
엄마와 나는
도넛과 쿠키를 만들어
마당에 있는 나무에
걸어두었습니다.
추운 겨울이 되어
먹을 걸 구하기 힘들어진
새들을 위한 것이었지요.
작은 이웃들과
나눌 수 있는 것을
나누는 것.
그것이 우리들의
크리스마스였습니다.

십이월

24

크리스마스가 되면,
우리 집 외양간에 오신 아기 예수님을 상상하곤 했습니다.
나의 상상 속에는 말 대신 소들과 닭들이 있고요.
외양간 위엔 큰 별이 떠 있고, 주변은 정말 고요하지요.
나의 상상은 현실처럼 생생해서 마구 가슴이 벅차올랐어요.

아기예수
오신 날

십이월

25 성탄절

함께 걷는 길

나에게 주어진
이 길 위에서…

어두움을 밝혀줄
등불 하나와
함께 걸어주는
다정한 친구들이 있어
나는 오늘도
포기하지 않고
힘을 내어
발을 내딛습니다.

십이월
26

인형이 귀하던 때, 종이인형이 인기였던 시절이 있었습니다.
조금이라도 더 예쁘게 자르려고 낑낑대며 가위질을 하던 일.
한참 가지고 놀다 찢어지면 테이프로 정성껏 싸매어 고치고
서투른 솜씨로 인형에게 새로운 종이 옷을 그려주었던 것도
생각납니다. 그렇게 많은 것이 부족한 시절이었지만,
그 부재가 주는 즐거움이 분명 존재했던 시절이었습니다.

**종이인형
놀이**

십이월

27

DEAR MY FRIENDS

Dear my Friends…

나의 싸늘한 몸을 온기로 녹여주고,
나의 초라함을
그대들의 아름다움으로 감싸주어
이렇게나 길고 시린 날들.
건강히 잘 보냈습니다.
고마워요…

십이월

28

두두두두~   두두두두~~

거실에 있던 작은 텔레비전, 그 앞에 옹기종기 모여앉아

당시 유행하던 빨간 밍크 담요를 한꺼번에 두르고

주말 저녁, 온 가족이 함께 보는 영화 한 편은

주말의 명화   우리 가족에게 참 따뜻한 시간을 선물하였지요.

십이월

29

훌훌~ 날려보내

시간은 참 성실히도 흘러
또다시 한 해가 저물어 가네요.
떠나보낼 것들을 제대로,
잘... 떠나보내야 새로운 것들에게
내어줄 자리가 생기는 법이지요.
묵은 감정들, 풀지 못한 숙제들.
훌훌 날려 보내는 것이
먼저인 것 같습니다.

s. hee

십이월
30

s. hee

매년 새해가 다가오면
새로운 계획과 희망에 부풀곤 했지요.
내가 이루어야 할 새로운 계획을 세우는 것은
미지의 곳으로의 여행을 준비하는 것 같았습니다.

새해가 오면

십이월

31

호기롭게 떠난 여행은, 3일… 4일…이 지나면
언제 그랬냐는 듯 맥없이 끝나버리기 일쑤였지요.
그럼에도, 또 새해가 다가오면 콧노래를 흥얼거리며
부푼 희망으로 새해 계획들을 세우고 있었습니다.

초록담쟁이 365 하루에세이
DAILY ESSAY CALENDAR

© 초록담쟁이, 2022

1판 1쇄 펴낸날 2022년 12월 5일

글과 그림 초록담쟁이
총괄 이정욱 **편집·마케팅** 이지선·이정아
펴낸이 이은영 **펴낸곳** 도트북
등록 2020년 7월 9일(제25100-2020-000043호)
주소 서울시 노원구 동일로 242길 87 2F
전화 02-933-8050 | **팩스** 02-933-8052
전자우편 reddot2019@naver.com
블로그 http://blog.naver.com/reddot2019
ISBN 979-11-977412-2-7 02810

02810

값 23,000원
ISBN 979-11-977412-2-7

9 791197 741227